시칠리아에서의 대화

Conversazione in Sicilia

CONVERSAZIONE IN SICILIA
by Elio Vittorini

세계문학전집 225

시칠리아에서의 대화

Conversazione in Sicilia

엘리오 비토리니

김운찬 옮김

민음사

차례

1부

1장

그해 겨울, 나는 추상적인 분노에 사로잡혀 있었다. 어떤 분노였는지는 말하지 않겠다. 그런 이야기를 하려고 한 것은 아니니까. 하지만 영웅적이지도 않고 생생하지도 않은, 추상적인 분노였다는 것은 말할 필요가 있다. 어떤 면에서는 상실된 인류에 대한 분노였다. 오래전부터 그랬고, 나는 고개를 숙이고 있었다. 나는 한 시간, 두 시간 동안 친구들을 만났고, 말 한마디 없이 그들과 함께 있었고, 고개를 숙이고 있었다. 나는 신문의 떠들썩한 성명서들을 보았고, 고개를 숙였다. 나를 기다리는 애인 또는 아내가 있었지만, 그녀에게도 말 한마디 하지 않았고, 그녀와도 고개를 숙이고 있었다. 그러는 동안 비가 내렸고 나날들이 흘렀으며, 내 신발은 찢어졌고, 신발 속으로 물이 들어왔다. 그 이상 아무것도 없었다. 비와 신문의 성명서들에 실린 대량 학살, 찢어진 신발 속의 빗물, 말 없는 친구들, 귀머거리 꿈같은 내면의 삶, 희망 없음, 침묵뿐.

희망 없음 속의 침묵, 그건 무서운 것이었다. 상실된 인류를 믿는다는 것, 그리고 무엇인가에 대항하려는 열정이 없다는 것, 예를 들어 인류와 함께 나 자신을 상실할 의지가 없다는 것. 나는 추상적인 분노로 흔들렸지만, 핏속부터 그런 것은 아니었다. 그래서 나는 평온했고 어떠한 의지도 없었다. 내 여자가 나를 기다린다는 것이 나에게는 중요하지 않았다. 그녀를 만나거나 만나지 않는 것, 또는 사전을 펼치는 것이 내게는 동일했다. 친구나 다른 사람을 만나러 밖으로 나가든, 아니면 집 안에 있든, 내게는 동일했다. 나는 평온했다. 나는 마치 단 하루도 살아 보지 않은 것 같았고, 행복하다는 것이 무엇을 의미하는지 전혀 모르는 것 같았다. 할 말도 없고, 주장할 것도 부정할 것도 없고, 나로서는 전혀 간섭할 것도 없고, 들을 것도 없고, 줄 것도 없고, 받을 준비도 되어 있지 않은 것 같았다. 내 존재의 모든 나날들 동안 전혀 빵을 먹지도 않았고, 포도주와 커피를 마시지도 않았고, 여자와 잠자리에 든 적도 없었고, 자식들도 없고, 누군가를 주먹으로 때린 적도 없었고, 그 모든 것이 가능하다고 믿지도 않았던 것 같다. 시칠리아의 산골에서, 부채선인장*과 유황(硫黃) 사이에서 어린 시절을 보낸 것 같지도 않았다. 하지만 내 마음속에서 나는 추상적인 분노로 흔들렸으며, 상실된 인류를 생각했고, 고개를 숙였고, 또 비가 내렸으며, 친구들에게 말 한마디 하지 않았고, 신발 속으로는 물이 들어왔다.

---

* 손바닥선인장 또는 백년초라고 불리기도 하는데 이탈리아 남부 지방에서 많이 자란다.

2장

그때 아버지의 편지가 왔다.

나는 봉투의 필체를 알아보았고, 곧바로 펼쳐 보지 않았다. 그 알아봄 속에서 나는 망설였으며, 내가 한때 어린아이였고, 어떤 식으로든 어린 시절이 있었다는 사실을 깨달았다. 나는 편지를 펼쳤고, 편지에는 이렇게 쓰여 있었다.

사랑하는 내 아들아

너희들이 모두 알다시피, 나는 언제나 좋은 아버지였고, 너희 어머니에게는 좋은 남편, 간단히 말해 좋은 사람이었다. 그런데 지금 나에게 일이 생겼고 나는 떠났단다. 하지만 나를 나쁘게 생각하지 마라. 나는 언제나 좋은 사람이었다. 너희들 모두에게는 좋은 아버지, 너희 어머니에게는 좋은 남편이었고, 게다가 내가 함께 떠난 지금의 새 아내에게도 좋은 남편이 될 것이다. 내 아들들아, 남자 대 남자로 너희들에게 부끄러움 없이 말하지만, 너희들의 용서를 구하지는 않겠다. 나는 누구에게도 나쁜 일을 하지 않는다. 나보다 먼저 떠난 너희들 모두에게나 너희 어머니에게도. 너희 어머니에게는 결국 내가 함께 있는 불편을 덜어 주었을 뿐이다. 내가 있든 없든 너희 어머니는 똑같이 집 안에서 노래를 부르고 휘파람을 불 것이다. 따라서 나는 후회 없이 나의 새로운 길을 간다. 돈이나 다른 것에 대해서는 염려하지 마라. 너희 어머니는 부족함이 없을 것이다. 매달 나의 철도원 퇴직 연금을 고스란히 받을 것이다. 나는 사설 강사로 살아갈 것이며, 너희 어머니가 언제나 방해했던 나의 옛 꿈도 어떻게든 실현할 것이다. 하지만 부탁하건대, 이제 너희 어머니가 혼자 있으니 가끔 찾아가 보도록 해라. 실베스트로, 너는 열다섯 살 때 우리를 떠났고, 그 이후로는 안녕, 한 번도 나타나지 않았다. 12월 8일 너희 어머니의 영명축일(靈名祝日)에 의례적인 축하 엽서만 보내지 말고, 기차를 타고 내려가 찾아보지 않겠니? 너와 사랑하는 너의 아내와 아이들에게 포옹을 보낸다. 애정 어린 네 아비를 믿으렴.

코스탄티노.

나는 그 편지가 베네치아에서 왔다는 것을 깨달았고, 아버지는 세상에 흩어진 우리 다섯 아들 모두에게 똑같이 정확한 말로 편지를 썼다는 것을 깨달았다. 그건 특이한 일이었다. 나는 편지를 다시 읽었으며, 아버지를 확인했고, 아버지의 얼굴, 목소리, 파란 눈, 몸짓을 확인했다. 잠시 동안 나는 아버지가 어느 작은 기차역의 대합실에서, 산카탈도에서 라칼무토까지 선로의 모든 철도원을 위해 「맥베스」를 공연하는 동안, 박수를 치는 어린아이로 되돌아갔다.

나는 아버지를 확인했고, 내가 한때 어린아이였다는 사실을 확인했다. 나는 시칠리아와 그곳의 산들을 생각했다. 그런데 내 마음속에서 기억이 열린 건 단지 그것뿐이었다. 말하자면 아버지를 확인했고, 마치 아버지가 지금은 베네치아라는 무대에서 다시 공연을 하고 다시 환호하듯, 아버지와 「맥베스」의 빨간 옷, 목소리, 파란 눈, 몸짓을 보고 환호하는 어린아이로 되돌아갔을 뿐이었다. 단지 그것만 열리고 기억은 다시 닫혔으며, 나는 나의 희망 없음 속에서 평온했다. 마치 15년 동안 산골에서 보낸 어린 시절과 시칠리아, 부채선인장, 유황, 「맥베스」가 전혀 없었던 것처럼. 그 후 시칠리아와 어린 시절에서 수천 킬로미터나 떨어진 곳에서 다시 15년이 흘렀고, 나는 거의 서른 살이 되었다. 그런데도 처음 15년도, 그다음 15년도 전혀 없는 것 같았고, 전혀 빵을 먹지 않은 것 같았고, 많은 세월 동안 재산과 맛과 감각들을 살찌우지도 않은 것 같았고, 전혀 살아 본 적도 없고 텅 빈 것 같았다. 그랬다, 텅 빈 것처럼 나는 상실된 인류를 생각하면서 희망 없음 속에 평온했다.

나는 더 이상 내 여자의 얼굴을 바라보고 싶지 않았고, 이제야 읽을 수 있는 나의 유일한 책인 사전을 뒤적거렸으며, 애처롭게 울리는 피리 같은 탄식을 내 마음속에서 느끼기 시작했다. 식자(植字) 인쇄공이라는 직업 덕택에 나는 매일 아침 일터로 갔으며, 끈적이는 납의 열기에서 눈을 보호하는 마스크를 쓰고, 하루 일곱 시간 동안 식자를 했으며, 내 마음속에서는 피리가 울리고 수많은 생쥐들이 스멀거렸다. 그 생쥐들은 분명히 기억들이 아니었다.

그것은 음울하고 형태 없는 생쥐들, 삼백예순다섯 날에 삼

백예순다섯 날이 더해진 내 세월의 음울한 생쥐들, 단지 시칠
리아의 산골에서 보낸 세월의 생쥐들에 불과했다. 나는 열다
섯 번의 삼백예순다섯 날에 이르는 생쥐들이 머릿속에서 스멀
거리는 것을 느꼈고, 피리가 울렸다. 그렇게 내 마음속에서 어
린 시절을 되찾은 듯한 음울한 향수가 찾아왔다. 나는 아버지
의 편지를 다시 꺼내 읽었고, 달력을 바라보았다. 12월 6일이
었다. 나는 8일을 위해 어머니에게 의례적인 축하 엽서를 써야
할 것이며, 이제 어머니가 집에 혼자 있게 되었으니 그걸 잊지
말아야 할 것이다.

나는 축하 엽서를 썼고, 엽서를 호주머니 안에 넣었다. 15일
째 되는 토요일이었고, 나는 내 봉급을 찾았다. 엽서를 부치기
위해 나는 역으로 갔고, 대합실 앞을 지나갔다. 대합실은 불빛
으로 가득했고, 밖에는 비가 내렸으며, 신발 안으로 물이 들
어왔다. 나는 불빛 속에서 대합실의 계단을 올라갔다. 나로서
는 빗속에 집으로 가는 것이나, 그 계단을 오르는 것이나 마찬
가지였다. 그래서 나는 불빛 속에 계단을 올라갔고, 포스터 두
개를 보았다. 하나는 새로운 대량 학살을 규탄하는 신문의 성
명서였고, 다른 하나는 이탈리아 관광공사의 것이었다. "시칠
리아로 오시오." 12월부터 6월까지 50퍼센트 할인, 시라쿠사까
지 250리라, 왕복, 삼등칸.

그러자 잠시 동안 나는 두 갈래 길 앞에 서 있는 것 같았다.
하나는 집으로 가는 길, 그 미치광이 학살들의 추상적인 관념
속으로, 그 똑같은 정적 속으로, 희망 없음 속으로 가는 길이
었고, 다른 하나는 시칠리아로, 산골로, 내 마음속 피리의 탄
식 속으로 가는 길, 그렇게 음울한 정적이나 그렇게 무딘 희망

없음이 아닐 수도 있는 무엇인가의 속으로 가는 길이었다. 하지만 이쪽 길을 가든 저쪽 길을 가든 내게는 마찬가지였다. 인류는 여전히 상실되었고, 나는 7시에, 앞으로 10분 후에 남쪽으로 가는 기차가 있다는 것을 알았다.

내 마음속에서는 날카롭게 피리가 울렸고, 떠나든 떠나지 않든 내게는 마찬가지였다. 나는 기차표를 한 장 샀다. 250리라. 방금 찾은 15일치 봉급에서 이제 호주머니에는 100리라가 남았다. 나는 역으로 들어갔고, 불빛들, 높다란 기관차들, 소리치는 짐꾼들 사이로 들어갔고, 기나긴 야간 여행이 시작되었다. 내게는 집에 있는 것, 사전을 뒤적이며 탁자에 앉아 있거나, 내 아내 또는 애인과 함께 침대에 있는 것이나 마찬가지였다.

3장

나는 여행 중이었다. 자정 무렵 피렌체에서 기차를 갈아탔
고, 이튿날 아침 6시쯤에는 로마 테르미니 역에서 또다시 기차
를 갈아탔고, 정오 무렵 나폴리에 도착했다. 그곳에는 비가 오
지 않았고, 나는 아내에게 50리라짜리 전신환을 보냈다.

아내에게는 이렇게 썼다. "목요일 돌아감."

그러고는 칼라브리아 지방으로 가는 기차를 탔고, 밤이 되
자 또다시 비가 내리기 시작했다. 나는 여행을 재확인했고, 집
과 시칠리아에서 열 번이나 달아났던 어린 시절의 내 모습을
확인했다. 아만테아, 마라테아, 조이아타우로* 같은 옛날 꿈의
이름과 함께, 밤이면 바다가 보이는 산어귀에 서 있는 기차의
형언할 수 없는 기적 소리들, 연기와 터널 들의 그 고장을 오
고 가던 어린 시절의 나를 확인했다. 그러자 갑자기 생쥐 한

---

* Amantèa, Maratèa, Gioia Tauro. 칼라브리아 지방의 해안 도시들이다.

마리가 내 마음속에서 더 이상 생쥐가 아니라, 냄새, 맛, 하늘이 되었고, 피리는 잠시 동안 탄식이 아닌 아름다운 곡조가 되어 울렸다. 나는 잠이 들었고, 깨어났고, 또다시 잠이 들었고, 다시 깨어났으며, 마침내 시칠리아로 가는 기차 운반선(運搬船) 위에 있었다.

겨울 바다는 검은빛이었고, 나는 높은 상갑판 위에 서서 다시 한 번 소년을 확인했다. 바람을 맞으며, 비 오는 아침, 발아래 도시와 마을 들이 무더기처럼 쌓인 양쪽 해변을 향해 바다를 집어삼키는 소년을. 날씨는 추웠고, 소년은 추운데도 바람 속에, 바다와 물결 위에 꼿꼿하게, 갑판 위에 집요하게 서 있는 것을 확인했다.

게다가 돌아다닐 수도 없었다. 배에는 삼등칸의 조그마한 시칠리아 사람들이 가득했다. 손을 바지 호주머니에 넣고, 윗옷의 깃을 세운 채, 외투도 없이, 굶주리고, 추위 속에 부드러운 사람들. 나는 먹을 것으로 빌라산조반니*에서 빵과 치즈를 샀고, 갑판 위에서 빵과 쓰라린 공기와 치즈를 맛있게 먹었다. 그 치즈에서 내 고향 산골의 옛 맛들, 심지어 냄새들, 염소 무리들, 쓴 쑥의 향기를 확인했기 때문이다. 호주머니에 손을 넣고 바람 속에 구부정하게 웅크린 조그마한 시칠리아 사람들이 내가 먹는 것을 바라보았다. 그들은 나흘이나 수염을 깎지 않아 얼굴이 어둡지만 부드러웠으며, 노동자들, 오렌지 농장의 품팔이 일꾼들, 붉은 작업반 띠를 두르고 잿빛 모자를 쓴 철

---

* Villa San Giovanni. 칼라브리아 지방 남서쪽 끝의 항구 도시로, 시칠리아로 가는 기차들은 이곳에서 배에 실려 메시나로 간다.

도원들이었다. 나는 먹으면서 그들에게 미소를 지었고, 그들은 미소도 없이 나를 바라보았다.

"우리 치즈 같은 것은 없지요." 내가 말했다.

아무도 대답하지 않았고, 모두들 나를 바라보았다. 펑퍼짐한 여자들은 커다란 물건 보따리 위에 앉아 있었고, 바람에 그을린 조그마한 남자들은 선 채로 손을 호주머니에 넣고 있었다. 내가 다시 말했다.

"우리 치즈 같은 것은 없지요."

갑자기 나는 무엇인가에 열광적이 되었기 때문이었다. 입안에서 빵과 강렬한 공기 사이로 그 치즈의 맛을, 입안에 갑자기 불을 넣은 듯한 후추 알갱이들과 함께, 하얗지만 쓰라리고 묵은 맛을 느꼈기 때문이었다.

"우리 치즈 같은 것은 없지요." 나는 세 번째로 말했다.

그러자 그 시칠리아 사람들 중 한 명이, 제일 작고 부드러운, 그리고 가장 얼굴이 검고 가장 바람에 그을린 사내가 나에게 물었다.

"그런데 당신, 시칠리아 사람이오?"

"물론이지요."

사내는 어깨를 움찔하고는 아무 말도 하지 않았다. 그의 발치에는 소녀 같은 여자가 보따리 위에 앉아 있었다. 사내는 그녀에게로 몸을 숙였고, 호주머니에서 커다랗고 붉은 손을 꺼내, 어루만지듯 그녀를 건드리면서 춥지 않도록 목도리를 매만져 주었다. 그런 행동에서 나는 그 소녀가 사내의 딸이 아니라 아내라는 것을 깨달았다.

그동안 메시나*에 가까워졌다. 메시나는 이제 더 이상 바닷

18

가에 쌓인 덩어리가 아니라, 집들과 건물들과 하얀 전차들과 널따란 철도 광장 위의 거무스레한 객차들의 행렬이었다. 아침은 비에 젖어 있었지만, 비는 내리지 않았고, 갑판 위의 모든 것이 젖어 있었다. 젖은 바람이 불었고, 배들의 젖은 뱃고동이 울렸다. 젖은 뱃고동 소리처럼 뭍에서는 기관차의 기적 소리가 들려왔다. 하지만 비는 내리지 않았고, 굴뚝과 맞은편의 겨울 바다 한가운데에서 갑자기 등대가 나타났는데, 마치 높다랗게 빌라산조반니를 향해 항해하는 것 같았다.

"우리 치즈 같은 것은 없지요." 내가 말했다.

서 있던 시칠리아 사람들은 모두 갑판의 난간 쪽으로 몸을 돌려 도시를 바라보았다. 보따리 위에 앉아 있던 여자들도 고개를 돌려 바라보았다. 하지만 내릴 준비를 하러 아래 갑판으로 내려가는 사람은 아무도 없었다. 아직 시간이 있었던 것이다! 등대에서 육지에 배를 대기까지는 15분 이상이 걸린다는 것을 나는 기억하고 있었다.

"우리 치즈 같은 것은 없지요." 내가 말했다.

그동안 나는 다 먹었고, 소녀 아내를 가진 사내는 다시 한 번 몸을 숙였다. 아니, 무릎을 꿇었다. 발치에는 바구니가 하나 있었고, 그녀가 보는 앞에서 사내는 바구니 옆에서 무엇인가를 했다. 바구니는 가장자리를 끈으로 꿰맨 천 조각으로 덮여 있었는데, 사내는 천천히 끈을 약간 풀더니 손을 천 속으로 집어넣었고, 오렌지 하나를 꺼냈다.

---

* Messina. 시칠리아 동북부 끝의 항구 도시로 이탈리아 반도로 건너가는 길목 역할을 한다.

크지도 않고, 그다지 아름답지도 않고, 색깔이 진한 것도 아니었지만, 그것은 오렌지였고, 사내는 말없이 무릎을 들지도 않은 채, 그것을 소녀 아내에게 내밀었다. 아내는 나를 바라보았고, 나는 목도리를 뒤집어쓴 그녀의 두 눈을 보았다. 그리고 그녀가 고개를 흔드는 것을 보았다.

조그마한 시칠리아 사내는 절망적인 모습이었으며, 무릎을 꿇은 채 한 손은 호주머니에 넣고, 다른 한 손에는 오렌지를 들고 있었다. 사내는 일어섰고, 한참 동안 그렇게 있었다. 모자의 부드러운 챙이 바람결에 그의 코를 때리고, 손에는 오렌지를 들고, 외투도 없이 조그마한 몸은 추위에 그을린 채, 절망적으로 서 있었다. 그동안 우리의 발 아래로, 비에 젖은 아침과 바다와 도시가 지나갔다.

"메시나." 어느 여자가 탄식하듯 말했다. 아무 뜻 없이 던진 말이었다. 일종의 탄식일 뿐. 나는 소녀 아내를 가진 조그마한 시칠리아 사내가 절망적으로 오렌지 껍질을 벗겨, 절망적으로 먹는 것을 보았다. 미친 듯이 광포하게, 아무런 욕구도 없이, 씹지도 않고 집어삼키면서, 저주하듯 추위 속에 오렌지 즙에 젖은 손가락을 삼키면서, 바람결에 약간 구부정한 모습으로, 부드러운 모자의 챙이 코를 때리는 동안.

"시칠리아 사람은 아침에는 먹지 않아요." 갑자기 사내가 말했다.

그리고 덧붙였다. "당신, 아메리카 사람이지요?"

그는 절망적이지만 부드럽게 말했다. 절망적으로 오렌지 껍질을 벗기고, 절망적으로 먹는 동안에도 여전히 부드러웠던 것처럼. 마지막 세 단어는 흥분해서 말했다. 나를 아메리카 사람으로 간주하는 것이 어떻게든 영혼의 평온함을 위해 필요한 것처럼, 날카롭게 긴장된 어조로 말했다.

그 모습을 보고 나는 말했다. "그래요, 아메리카 사람이에요. 15년 전부터."

4장

내가 타야 할 조그마한 기차가 기다리고 있는 역 부두의 방
파제 위로 비가 내리고 있었다. 운반선에서 내린 시칠리아 사
람들 중 일부는 겉옷의 깃을 세우고, 호주머니에 손을 넣은 채
빗속에서 광장을 가로질러 갔다. 나머지 일부는 여자들과 보
따리들과 바구니들과 함께, 배 앞에서 꼼짝 않고, 처마 아래
서 있었다.

기차는 운반선에 실려 바다를 건너온 객차들이 연결되기를
기다리고 있었다. 그것은 오래 걸리는 작업이었다. 나는 또다시
소녀 아내를 가진 조그마한 시칠리아 사내 곁에 서 있게 되었
다. 소녀 아내는 또다시 발치의 보따리 위에 앉아 있었다.

이번에는 사내가 나를 보고 미소를 지었다. 하지만 그는 절
망적이었고, 추위와 바람에 손을 호주머니에 넣고, 그래도 미
소를 지었다. 반쯤 얼굴을 가리는 천 모자의 챙 아래에서 미소
를 지었다.

"내 사촌들은 아메리카에 있지요. 아저씨 한 분과 사촌들이
요⋯⋯." 그가 말했다.

"아, 그래요. 어디에 있지요? 뉴욕? 아니면 아르헨티나?"

"모르겠어요. 아마 뉴욕, 아마 아르헨티나. 어쨌든 아메리카
요."

사내는 그렇게 말하더니 덧붙였다. "당신은 어디 출신이오?"

"나요? 나는 시라쿠사에서 태어났어요."

그러자 그가 말했다. "아니⋯⋯ 아메리카 어디 출신이오?"

"저⋯⋯ 뉴욕이요."

잠시 동안 우리는 말이 없었다. 나는 그 거짓말 속에서 그
를 바라보면서, 그리고 그는 모자의 챙 아래 가린 눈으로 나를
바라보면서.

그러고는 거의 부드러운 어조로 그가 물었다.

"뉴욕에서는 어떻게 살아요? 잘사나요?"

"부자가 되지는 않아요."

"그게 뭐 중요한가요? 부자가 아니면서 잘 살 수도 있지
요⋯⋯. 그것이 오히려 낫지요⋯⋯."

"글쎄요. 그곳에도 실업이 있어요."

"실업이 뭐 중요한가요? 실업이 언제나 나쁘진 않지요⋯⋯.
그게 아니에요⋯⋯. 난 실업자가 아니오."

그는 주위의 다른 조그마한 시칠리아 사람들을 가리켰다.

"우리 누구도 실업자가 아니오. 우리는 일을 하지요⋯⋯. 농
장에서⋯⋯ 일해요⋯⋯."

그러더니 멈추고 목소리를 바꾸더니 덧붙였다.

"당신은 실업 때문에 돌아왔어요?"

"아니오. 며칠 동안만 머물려고요."

"맞아요. 그러니까 당신은 아침을 먹지요…… 시칠리아 사람은 아침을 먹지 않아요."

그러고는 물었다. "아메리카에서는 모두들 아침을 먹나요?"

나는 아니라고 말할 수도 있었다. 또한 나 역시 대개 아침에는 먹지 않으며, 아마 하루에 한 번 이상 먹지 못하는 사람들을 나도 알고 있으며, 세상이 모두 마찬가지라고 말할 수도 있었다. 하지만 내가 가 보지도 않은 아메리카에 대해 나쁘게 말할 수는 없었다. 결국 아메리카조차 현실적이고 실질적인 것이 전혀 아니라, 지상천국에 대한 그의 관념이었던 것이다. 나는 그럴 수 없었다. 그것은 옳지 않을 것이다.

"그런 것 같아요. 어떤 방식으로든……."

"그럼 점심때는? 아메리카에서는 모두들 점심때에도 먹어요?"

"그런 것 같아요. 어떤 방식으로든……."

"그럼 저녁에는? 아메리카에서는 모두들 저녁에 먹어요?"

"그런 것 같아요. 잘 먹든 못 먹든……."

"빵? 빵하고 치즈요? 빵하고 야채요? 빵하고 고기요?"

그는 희망과 함께 나에게 말을 했고, 나는 더 이상 아니라고 말할 수 없었다.

"그래요. 빵하고 다른 것하고."

그러자 그 조그마한 시칠리아 사내는 잠시 동안 희망 속에서 말없이 있었다. 그러고는 자기 발치의 소녀 아내를, 꼼짝하지 않고 어둡게, 보따리 위에 잔뜩 웅크리고 앉아 있는 소녀 아내를 바라보았다. 그러더니 절망하여, 배 위에서처럼 절망적으로 몸을 숙여 바구니의 끈을 조금 풀더니 오렌지 하나를 꺼냈고, 구부린 다리로 몸을 숙인 채 절망적으로 아내에게 내밀었고, 그녀의 말 없는 거부에 오렌지를 손에 든 채 절망적으로 낙담했고, 오렌지 껍질을 벗기더니 자기가 먹기 시작했다. 저주를 삼키듯이 삼키면서.

"샐러드에다 먹지요, 여기 이곳에서는." 내가 말했다.

"아메리카에서요?" 시칠리아 사내가 물었다.

"아니, 여기 이곳에서요."

"여기 이곳에서요? 올리브기름을 친 샐러드요?" 시칠리아 사내가 물었다.

"그래요, 올리브기름하고. 그리고 마늘 한 조각하고, 소금하고……."

"또 빵하고요?" 시칠리아 사내가 물었다.

"물론, 빵하고요. 언제나 그렇게 먹었지요. 15년 전 어렸을 적에……."

"아, 그렇게 먹었어요? 그렇다면 그때도 당신은 잘살았군요?"

"그럭저럭이요."

그러고는 덧붙였다. "당신은 오렌지 샐러드를 전혀 먹지 않았어요?"

"먹었지요, 가끔. 하지만 언제나 올리브기름이 있지는 않아요." 시칠리아 사내가 말했다.

"그래요, 언제나 풍년은 아니지요……. 올리브기름이 비쌀 수도 있어요."

"그리고 언제나 빵이 있는 것도 아니에요. 만약 오렌지를 팔지 못하면 빵이 없지요. 그러면 오렌지를 먹어야 해요…… 그래요, 알겠어요?" 시칠리아 사내가 말했다.

그러고는 절망적으로 자신의 오렌지를 먹었다. 추위 속에 오렌지 즙에 젖은 손으로, 오렌지를 먹으려 하지 않는 자기 발치의 소녀 아내를 바라보면서.

"하지만 영양가가 높지요. 나에게 몇 개 팔겠어요?"

조그마한 시칠리아 사내는 다 삼키더니 옷에 손을 닦았다.

"정말이오?" 사내는 소리를 질렀다. 그러고는 바구니 위로 몸을 숙였고, 천 아래로 손을 밀어 넣더니, 나에게 오렌지를 네 개, 다섯 개, 여섯 개 내밀었다.

"하지만 무엇 때문에? 오렌지를 팔기가 그렇게 어려운가요?"

"팔리지 않아요. 아무도 사려고 하지 않아요."

그동안 바다를 건너온 객차들을 길게 연결한 기차가 준비되었다.

"외국에서는 우리 오렌지를 사려고 하지 않아요." 조그마한 시칠리아 사내는 계속해서 말했다. "독이라도 든 것처럼 말이오. 그러면 농장 주인은 우리에게 이렇게 지불하지요. 우리에게 오렌지를 준단 말이오…… 그러면 우리는 어떻게 해야 할지 몰라요. 우리는 걸어서 메시나에 오지만, 아무도 사려고 하지 않아요…… 레조, 빌라산조반니에 가 보지만, 사려고 하지 않아요…… 아무도 사지 않아요."

승무원의 호루라기 소리가 울렸고, 기관차가 기적을 울렸다.

"아무도 사려고 하지 않아요. 우리는 갔다 왔다 하지요. 그들 때문에, 또 우리를 위해 차비를 내고, 우리는 빵을 먹지 못해요. 아무도 사지 않아요…… 아무도 사지 않아요."

　기차가 움직였고, 나는 문으로 뛰어올랐다.

　"안녕히 계세요!"

　"아무도 사지 않아요……. 아무도 사지 않아요……. 독이라도
든 것처럼……. 빌어먹을 오렌지."

5장

움직이는 기차에서 나무 의자에 앉자마자, 나는 복도에서 두 목소리가 자기들끼리 그 사건에 대해 말하는 것을 들었다.

진짜 사건이라고 말할 수 있는 것은 전혀 일어나지 않았다. 어떤 사건도, 어떤 행동도 없었다. 단지 어떤 사람이, 그 조그마한 시칠리아 사내가 내 등 뒤에다 자신의 마지막 말을, 시간이 없고 기차가 움직이는 동안 자신의 마지막 이야기를 소리쳤을 뿐이었다. 단지 그것뿐, 몇 마디 말뿐이었다. 그런데도 두 목소리는 사건에 대해 말하고 있었다.

"그런데 저 녀석은 무엇을 하려고 했지?"

"항의하는 것 같았어……."

"누군가에게 그랬지."

"모두에게 그런 것 같은데……."

"나도 그렇게 생각해. 굶주린 자였어……."

"내가 저기 있었다면, 체포했을 텐데……."

두 목소리는 걸걸하고, 강하고, 느릿느릿하며, 사투리 속에서 부드러웠다. 그들은 시칠리아 말로, 사투리로 말하고 있었다.

나는 복도 쪽으로 얼굴을 돌렸고 창문으로 그들을 보았다. 두 남자는 몸집이 크고, 튼튼하고, 모자와 외투를 입고, 하나는 콧수염이 있고, 다른 하나는 콧수염이 없는 마차꾼 타입의 두 시칠리아 사람이었다. 하지만 잘 차려 입고, 혈색이 좋고, 목덜미와 어깨에 자부심이 넘쳤다. 그런데도 어딘가 위장되고 어색했는데, 그것은 아마도 소심함 때문인 것 같았다.

'두 명의 바리톤.' 나는 속으로 말했다. 실제로 둘 중의 하나, 콧수염 없는 남자의 목소리는 바리톤에 가까웠으며 노래하듯 유연했다.

"자네는 단지 자네 의무만 했을 거야." 그가 말했다.

다른 남자는 자신의 콧수염 뒤에서 걸걸하고 쉰 목소리, 하지만 사투리 속에서 부드러운 목소리를 냈다.

"물론 나는 내 의무만 했을 거야." 그가 말했다.

나는 고개를 객실로 돌렸지만, 계속해서 귀를 기울였다. 목소리의 변화에 따라 바리톤과 쉰 목소리, 콧수염이 있고, 콧수염이 없는 그들의 두 얼굴을 생각하면서.

"저런 녀석들은 언제나 체포되야 해." 콧수염 없는 자가 말했다.

"사실, 전혀 모르지." 콧수염이 말했다.

"굶주린 자들은 모두 위험해." 무수염이 말했다.

"물론. 뭐든지 할 수 있어." 콧수염이 말했다.

"도둑질도." 무수염이 말했다.

"그야 당연하지." 콧수염이 말했다.

"칼부림까지." 무수염이 말했다.

"물론." 콧수염이 말했다.

"그리고 정치적 범죄까지 저지를 수 있어." 무수염이 말했다.

그들은 서로의 눈을 바라보았고, 미소를 지었다. 나는 한 사람의 얼굴에서, 또 다른 한 사람의 어깨 너머로 그 모습을 보았다. 그런 식으로 콧수염과 무수염은 정치 범죄가 무엇인가에 대해 계속해서 말하고 있었다. 그들은 존경심의 결핍, 이해심의 결핍을 정치 범죄로 보는 것 같았으며, 분노 없이 인간 전체를 비난했고, 인간은 범죄를 저지르기 위해 태어났다고 말했다.

"어떤 계급이든…… 어떤 계층이든……." 콧수염이 말했다.

무수염 : "무식하든…… 교육을 받았든……."

콧수염 : "부자들이든…… 가난뱅이들이든……."

무수염 : "아무런 차이가 없어."

콧수염 : "상인들도……."

무수염 : "변호사들도……."

콧수염 : "로디에 있는 식료품 가게 주인은……."

무수염 : "또 볼로냐에서 어떤 변호사는……."

또다시 그들은 서로의 눈을 바라보았고, 또다시 미소를 지었으며, 또다시 나는 한 사람의 얼굴에서, 또 다른 한 사람의 어깨 너머로 그 모습을 보았다. 그리고 오렌지 나무들과 바다 사이로 달리는 기차의 소음 속에서, 로디의 그 식료품 가게 주인과, 볼로냐의 그 변호사에 대해 이야기하는 것을 들었다.

"그것 봐. 존경심이 없어." 콧수염이 말했다.

"이해심이 없어." 무수염이 말했다.

콧수염 : "로디에서, 내 이발사는······."

무수염 : "볼로냐에서, 내 집주인은······."

그러고는 그 로디의 이발사, 그 볼로냐의 집주인에 대해 이야기했다. 콧수염은 한번은 자기 이발사를 체포해서 사흘 동안 감금해 두었다고 말했으며, 무수염은 볼로냐에 있는 푸줏간 주인을 그렇게 했다고 말했다. 그들의 목소리에서 나는 그들이 만족하고, 만족감에 감동했음을 깨달았다. 자신들이 할 수 있는 일, 즉 체포하고 감금하는 것에 대한 공동의 만족감에 거의 서로의 목을 껴안을 정도였다.

그러고는 다른 조그마한 사건들에 대해 서로 이야기했다. 여전히 분노 없이, 여전히 탄식과 함께, 그리고 마지막에는 만족감과 함께. 그러고는 당황해서 서로 물었다, 도대체 무엇 때문에 사람들이 자신들을 나쁘게 보느냐고.

"우리가 시칠리아 출신이기 때문이야." 콧수염이 말했다.

"바로 그거야, 우리가 시칠리아 사람이기 때문이지." 무수염이 말했다.

그들은 로디에서 시칠리아 사람이라는 것과, 볼로냐에서 시칠리아 사람이라는 것에 대해 이야기했다. 그러고는 갑자기 무수염이, 마치 고통의 신음처럼, 시칠리아의 자기 고향에서는 더 나쁘다고 말했다.

"아, 그래! 더 나빠." 콧수염이 말했다.

무수염 : "쉬아카에서, 나는······."

콧수염 : "무수멜리에서, 나는······."

그들은 어떻게 쉬아카와 무수멜리에서 더 나쁜지 이야기했다. 그리고 무수염이 말했다. 자기 어머니는 그가 누구인지 절대 말하지 않고, 그걸 말하는 것을 부끄러워하며, 그가 등기소 공무원이라고 말한다고.

"등기소 공무원이라고 말이야!" 그가 말했다.

"그것은 사전 예방의 문제야." 콧수염이 말했다.

"나도 알아……. 낡은 편견들이지." 무수염이 말했다.

그리고 그들은 자기 고향에서 살기가 얼마나 어려운지 말했다.

기차는 소음과 함께 오렌지 나무들과 바다 사이를 달렸으며, 무수염이 말했다.

"아, 오렌지 나무!"

그러자 콧수염이 말했다. "아, 바다!"

그러고는 두 사람 모두 자기 고향이, 쉬아카와 무수멜리가 얼마나 아름다운지 말했다. 하지만 그곳에서는 살 수 없다고 또다시 말했다.

"내가 왜 돌아오는지 모르겠어." 콧수염이 말했다.

"그럼 난들 알겠어? 나에게는 볼로냐 출신 아내, 볼로냐 출신 아이들이 있지……. 그런데도……." 무수염이 말했다.

그러자 콧수염이 말했다. "그런데도 해마다 휴가를 얻자마자, 어김없이……."

그러자 무수염이 말했다. "어김없이…… 특히 크리스마스가 있는 달에는."

콧수염 : "특히 이런 달에는. 그런데 결국 얻는 게 뭐지?"

무수염 : "속은 뒤집히고……."

콧수염 : "피는 분노하고……."

여기에서 객실의 문이 누군가에 의해 쾅 하고 세게 닫혔다.

그 누군가는 바로 내 맞은편에 앉았다.

달리는 기차의 소음 속에서 목소리들이 갑자기 절단되듯이 중단되었다. 그리고 기차는 산어귀에서, 바다를 마주보며, 오렌지 나무 숲 사이를 달렸다. 멀리 눈 덮인 높은 산이 나타났다가 사라지곤 했다. 더 이상 비는 오지 않았고, 아직 태양은 보이지 않았지만, 하늘은 바람에 씻겨 맑았다. 그리고 나는 그 달리는 기차를 다시 확인했고, 우리가 메시나와 카타니아 중간쯤에 있다는 것을 깨달았다. 밖의 두 목소리는 더 이상 들리지 않았으며, 나는 다른 시칠리아 사람들을 찾아 주위를 둘러보았다.

6장

"냄새가 나지 않아요?" 내 맞은편에 앉은 남자가 말했다.

그는 몸집이 커다란 시칠리아 사람이었는데, 롬바르디아* 또
는 노르만** 혈통에 속하는, 아마도 니코시아 출신 같았다. 복
도에서 말하는 사람들처럼 그도 마차꾼 타입이었지만, 당당하
고, 개방적이고, 키가 크고, 눈이 파랬으며, 젊지 않은 50대였
다. 나는 나의 아버지가 지금은 아마 그 사람과 비슷할 것이라
고 생각했다. 비록 내가 기억하는 아버지는 젊고, 호리호리하
고, 말랐으며, 빨갛고 검은 옷을 입고 「맥베스」를 공연하는 모
습이었지만. 그 남자는 분명 니코시아 또는 아이도네 출신이

---

* Lombardia. 이탈리아 북부의 지방 이름으로 6~8세기에 그곳을 지배한 게
  르만족의 일파인 롬바르디아족(이탈리아어로는 랑고바르디(Longobardi))의
  이름에서 유래했다. 롬바르디아족은 이탈리아 남부 지역까지 장악하기도
  했다.
** 시칠리아는 11~12세기에 노르만족의 지배를 받았다.

었다. 그는 롬바르디아 식의 우(u) 발음과 함께, 롬바르디아 사투리에 가까운 사투리를 썼다. 발데모네 계곡의 롬바르디아 지역, 니코시아 또는 아이도네 고장의 사투리.

"냄새가 나지 않아요?" 그가 말했다.

그의 수염은 희끗희끗하고 조그마했으며 눈은 파랗고 이마는 널찍했다. 추운 삼등칸 객실 안에서 외투도 입지 않았고, 단지 그것만으로도 마차꾼 타입이었으며, 듬성듬성한 턱수염과 콧수염 위로 코를 씰룩거렸다. 하지만 옛날 사람처럼 머리숱이 많았고, 외투도 없이, 조그맣고 검은 사각형 무늬의 셔츠 차림이었고, 호주머니가 여섯 개 달린 커다란 갈색 조끼를 입고 있었다.

"냄새요? 무슨 냄새요?" 내가 물었다.

"아니, 어떻게? 냄새가 나지 않아요?"

"모르겠어요. 무슨 냄새를 말하는지 모르겠군요."

"오! 내가 무슨 냄새를 말하는지 모르는군요."

그러고는 객실 안의 다른 사람들을 향해 몸을 돌렸다.

다른 사람들은 세 명이었다.

하나는 젊은이였는데, 부드러운 천 모자를 썼고, 노란 얼굴을 목도리로 감싸고 있었으며, 야위고, 섬세했다. 나와는 대각선 위치의 구석 자리, 창가에 앉아 있었다.

또 한 사람 역시 젊었는데, 혈색이 좋고, 튼튼했으며, 검은 머리는 곱슬거렸고 목도 검은 도시의 서민이었는데, 카타니아 출신이 틀림없었다. 그는 내 의자의 끝자리에, 환자의 맞은편에 앉아 있었다.

세 번째 사람은 조그마한 노인이었는데, 얼굴에 털 하나 없고, 검었으며, 마치 거북이처럼 사각형 비늘들이 갈라진 뻣뻣한 피부에다, 믿을 수 없을 정도로 작고 건조한 모습이었다. 메마른 나뭇잎. 그는 로칼루메라에서 탔고, 롬바르디아 거인과 환자 사이에, 의자 끄트머리에 앉아 있었다. 아니, 앉아 있다고 말할 수 있을지 모르겠다. 나무 팔걸이를 들어 올릴 수 있는데도 들어 올리지 않은 채, 등에 대고 있었다.

다른 사람들을 향해 몸을 돌린 롬바르디아 거인은 특히 그노인을 향했다.

"내가 무슨 냄새를 말하는지 모른다는군요." 롬바르디아 거인이 말했다.

나지막한 휘파람 소리처럼, 내뿜는 듯한 소리, 목소리의 형체 없는 소리가 났다. "이히!" 바로, 웃고 있는 조그마한 노인이었다. 하지만 노인은 지금 웃고 있는 것이 아니었다. 노인은 기차에 올라타는 순간부터 눈으로 웃고 있었다. 생생하고, 예리한 눈으로, 고정된 눈으로 웃으면서, 자기 앞을, 나를, 의자를, 카타니아 젊은이를 바라보고 있었다. 그리고 웃으면서 행복한 모습이었다.

"믿을 수 없어요! 내가 무슨 냄새를 말하는지 모른다는군요." 롬바르디아 거인이 말했다.

모두들 나를 바라보았고, 그리고 즐거워했다. 환자는 환자답게 조용하고 쓸쓸하게 즐거워했다.

"아!" 내가 말했고, 나도 역시 즐거웠다. "난 정말로 모르겠어요……. 나는 아무런 냄새도 맡지 못하겠어요……."

그러자 카타니아 젊은이가 끼어들었다.

그는 커다란 곱슬머리, 커다란 허벅지와 팔, 커다란 신발과 함께, 혈색 좋게 몸을 숙이더니 말했다.

"이 신사분은 복도에서 나는 냄새에 대해 말하고 있어요."

"복도에서 냄새가 나요?"

"아니, 어떻게? 믿을 수 없군요. 당신은 냄새를 못 느꼈어요?" 롬바르디아 거인이 말했다.

그러자 카타니아 젊은이가 말했다. "이 신사분이 말하는 건, 저 두 사람의 냄새요……."

"저 두 사람? 창가에 있는 저 두 사람 말이오? 그들에게서 냄새가 나요? 무슨 냄새?"

나는 또다시 조그마한 노인의, 형체 없는 목소리의 나지막한 소리를 들었고, 노인의 입이 저금통의 동전 구멍 같다는 것을 깨달았다. 나는 환자를 보았다. 그는 자신의 목도리에 둘러싸인 채, 조용한 즐거움 속에서, 무표정했다. 또 나는 롬바르디아 거인을 보았다. 그는 거의 화난 것 같았지만, 내 아버지의 파란 눈을 닮은 눈 속에서 유쾌한 표정이었다.

그러자 나는 그 냄새가 무엇인지 깨달았고, 그리고 웃었다.

"아하, 냄새! 냄새!"

모두들 즐거웠고, 만족스러웠으며, 평온했다. 하지만 복도의 그 두 사람은 어린 시절을 보냈던 곳으로, 자신들의 고향으로 돌아가고 있었다. 내가 말했다.

"이상해요. 세상에서 시칠리아만큼 그들을 나쁘게 보는 곳은 없어요……. 그런데도 이탈리아에서 그런 직업을 가진 사람들은, 거의 모두가 시칠리아 사람들이지요."

"모두 시칠리아 사람들?" 롬바르디아 거인이 소리쳤다.

"정말이에요! 나는 이탈리아를 15년 동안이나 돌아다녔어요……. 나는 피렌체에서 살았고, 볼로냐, 토리노에서 살았고, 지금은 밀라노에 살고 있어요. 그리고 어디서든지 그런 직업을 가진 시칠리아 사람을 발견했지요……."

"그래요. 사방을 돌아다니는 내 사촌도 그렇게 말해요." 카타니아 젊은이가 말했다.

그러자 롬바르디아 거인이 말했다.

"글쎄요, 하지만 이해할 만해요……. 우리는 슬픈 사람들이지요."

"슬퍼요?" 내가 말했다. 그리고 즐거운 표정의 조그마한 노인을, 즐거움이 스멀거리는 조그마한 눈을 가진 노인을 바라보았다.

"아주 슬프지요. 아니, 서글프지요……. 모두들 언제나 비관적으로 바라보니까요……." 롬바르디아 거인이 말했다.

나는 노인의 조그마한 얼굴을 보았고, 아무 말도 하지 않았다. 그러자 롬바르디아 거인이 계속해서 말했다.

"언제나 무엇인가 다른 것, 더 나은 것을 바라면서, 또 언제나 그것을 가질 수 없다는 절망에 빠지면서…… 언제나 절망하지요. 언제나 패배하지요……. 그리고 언제나 삶을 벗어 버리고 싶은 유혹을 몸에 간직하고 있어요."

"그래요, 사실입니다." 카타니아 젊은이가 진지하게 말했다.

그리고 그는 자신의 커다란 신발 끝을 응시하기 시작했다. 나는 노인의 조그마한 얼굴에서 시선을 떼지 않은 채 말했다.

"아마 그게 사실일 수도 있어요……. 하지만 그것이 저런 직업을 갖는 것과 무슨 상관이 있을까요?"

그러자 롬바르디아 거인이 말했다.

"몇 가지 이유로 상관이 있다고 생각해요……. 상관 있다고 생각합니다. 어떻게 설명해야 할지 모르겠지만, 상관이 있다고 생각해요. 누군가 스스로를 포기할 때, 어떻게 하지요? 끝났다고 자포자기할 때, 어떻게 하지요? 자기가 가장 하기 싫어하는 것을 하지요……. 바로 그것이라고 생각해요……. 그런 사람이 거의 모두 시칠리아 사람들이라면, 이해할 만하다고 생각해요."

7장

그리고 롬바르디아 거인은 자기 자신에 대해 이야기했다. 그는 메시나에서 오는 길인데, 콩팥의 특수한 병 때문에 전문의를 방문하고 레온포르테의 자기 집으로 돌아가는 길이었다. 그는 엔나와 니코시아 사이의 발데모네 계곡에 있는 레온포르테 출신이었고, 토지를 소유하고 있었으며, 아름다운 딸자식이 셋 있었다. 그는 그렇게 말했다, 아름다운 딸자식 셋이라고. 그리고 말 한 마리를 갖고 있었고, 그 말을 타고 자기 땅을 돌아다녔는데, 그 말이 얼마나 크고 당당한지, 자신이 왕이라고 생각할 정도였다. 하지만 그것이 전부라고 생각하지 않았다. 말을 타고 있을 때, 자신이 왕이라고 생각하는 것이 전부라고 생각하지 않았다. 그는 다른 인식을 얻고자 했다. 그렇게 말했다, 다른 인식을 얻는 것이라고. 그리고 영혼 속에 무언가 새로운 것을 갖고, 스스로를 다르게 느낄 수 있다면, 그가 소유하고 있는 모든 것을 주겠다고, 토지와 말까지 주겠다고 했다. 한 사람으로서, 그렇게 말했다. 전혀 비난받을 것이 없는 한 사람으로서, 다른 사람들과 함께 평온함을 느낄 수 있다면 그렇게 하겠노라고.

"내가 특별히 비난받을 것이 있어서 그런 것은 아닙니다. 그런 것은 전혀 없어요. 종교적인 의미로 말하는 것도 아니오……. 하지만 사람들과 함께 평온하지 않은 것 같아요."

그는 신선한, 그렇게 말했다, 신선한 의식을 갖고 싶었다. 다른 의무들, 평범한 의무들이 아닌 다른 의무들, 사람들에 대해 새롭고 보다 나은 의무들을 수행하도록 요구하는 신선한 의식을 갖고 싶었다. 평범한 의무들을 수행하는 데에는 만족이 없으며, 마치 아무것도 하지 않은 것처럼, 자기 자신에 대해 불만족스럽고 실망한 상태로 남아 있기 때문이었다.

"인간은 다른 것을 위해 성숙한다고 생각합니다. 단순히 훔치지 않고, 죽이지 않고, 또 착한 시민이 되기 위해서가 아니오……. 인간은 다른 것을 위해, 다른 새로운 의무들을 위해 성숙한다고 생각해요. 그렇기 때문에, 내 생각으로는, 수행해야 할 다른 의무들, 다른 것들에 대한 결핍을 느끼지요……. 새로운 의미에서 우리 의식을 위해 해야 하는 것들이지요."

그는 입을 다물었고, 카타니아 젊은이가 말했다.

"네, 그래요."

그러고는 커다란 자기 신발의 끝을 바라보았다.

"그래요. 당신 말이 옳다고 생각합니다." 그가 말했다.

그러고는 신발을 바라보았다. 충만한 건강함으로, 혈색 좋게, 황소나 말처럼 힘에 넘치지만, 불만족한 동물처럼 쓸쓸하게. 그러고는 확신하듯 또다시 "네." 하고 말했다. 마치 자기 질병의 이름을 정확하게 말해 준 것처럼. 그리고 다른 말은 하지 않았고, 자신에 대해 이야기하지도 않았고, 단지 이렇게 덧붙였다.

"당신은 교수입니까?"

"내가, 교수요?" 롬바르디아 거인이 소리쳤다.

그러자 곁에 있는 조그마한 노인이 또다시 목소리의 형체 없는, 메마른 나뭇잎의 "이히!" 하는 소리를 냈다. 마치 마른 나뭇가지가 말하는 것 같았다.

"이히! 이히!"

두 번 그랬다. 거북이의 건조한 껍질처럼, 노인의 작은 얼굴은 검고 뻣뻣했으며 웃음이 스멀거리는 눈은 예리했다.

"이히!" 그는 저금통의 동전 구멍 같은 입으로 소리를 냈다.

"전혀 웃을 것 없어요, 노인장. 웃을 것 없어요."

롬바르디아 거인이 노인을 돌아보며 말했다. 그러고는 또다시 자신에 대해 처음부터 이야기했다. 메시나까지의 여행에 대해, 레온포르테의 자기 토지에 대해, 딸자식 세 명에 대해, 한 명이 유달리 아름다운, 그렇게 말했다, 한 명이 유달리 아름다운 딸자식 세 명에 대해, 크고 건장한 자신의 말에 대해, 사람들과 함께 평온함을 느끼지 못하는 자신에 대해 말했다. 그리고 사람들과 함께 평온함을 느끼기 위해, 무엇 때문에 새로운 의식, 수행해야 할 새로운 의무들이 필요하다고 생각하는지에 대해 말했다. 이번에는 완전히 그 조그마한 노인을 위해 말했다. 자신을 바라보고 웃으면서, 형체도 없는 목소리의 휘파람 소리처럼 "이히!" 하는 소리를 내는 노인을 위해.

어느 순간 롬바르디아 거인이 말했다.

"그런데 무엇 때문에, 무엇 때문에 그렇게 불편하게 앉아 있습니까? 이것은 들어 올려져요."

그러고는 의자 끄트머리에 앉은 조그마한 노인의 등에 걸쳐진 나무 팔걸이를 들어 올렸다.

"이것은 들어 올려져요." 롬바르디아 거인이 말했다.

그러자 조그마한 노인은 몸을 돌려 들어 올린 나무 팔걸이를 바라보더니, 또다시 두어 번 "이히!" 소리를 냈다. 하지만 그는 여전히 끄트머리에 불편하게 앉아 있었다. 뱀 머리 모양의 손잡이가 달린, 거의 자기 키만큼이나 길고 매듭이 많은 나무 지팡이에 뻣뻣한 작은 손을 올려놓은 채.

내가 뱀 머리 모양을 본 것은, 바로 노인이 나무 팔걸이를 보려고 몸을 돌리는 순간이었다. 그리고 나는 그 뱀 머리의 입에 있는 녹색을 보았다. 조그마한 오렌지 나뭇가지의 잎사귀 세 개였다. 조그마한 노인은 나를 보았고, 또다시 "이히!" 소리를 냈다. 그러고는 오렌지 나뭇가지를 들어 자기 입안에 넣었다. 저금통의 동전 구멍 같은, 역시 뱀 머리 같은 자기 입안으로.

"아, 바로 그것이라고 생각해요." 롬바르디아 거인이 말했다. 이번에는 우리 모두에게 말했다. "우리는 우리의 의무, 우리의 의무들을 수행하는 데에서 더 이상 만족감을 느끼지 못합니다…… 의무를 수행하는 것은 상관없어요. 우리는 여전히 불행하지요. 나는 바로 그것 때문이라고 생각합니다…… 너무나도 낡은 의무들, 너무나도 낡아 너무나도 손쉬운 의무들이, 우리 의식에 아무런 의미도 없기 때문이지요……."

"그런데 당신은 정말로 교수가 아닙니까?" 카타니아 젊은이가 말했다.

그는 혈색이 좋고, 황소 같았다. 그리고 황소처럼 슬프게, 언제나 자기 신발을 바라보고 있었다.

"내가 교수라고요?" 롬바르디아 거인이 말했다. "내 태도가 교수 같아요? 나는 무식하지는 않아요. 원한다면 책을 읽을 수도 있지만, 교수는 아닙니다. 어렸을 때 살레시오 수도회 학교에서 공부했지만, 교수는 아닙니다……."

그렇게 우리는 카타니아 바로 전 역에, 검은 돌로 된 거대한 도시의 외곽에 도착했다. 메마른 나뭇가지처럼 "이히!" 소리를 내던 조그마한 노인이 내렸다. 그리고 우리는 카타니아에 도착했다. 검은 돌로 된 길거리에 햇살이 비치고 있었다. 길거리와 집들, 검은 돌이 기차 바로 아래로 지나갔고, 우리는 카타니아 역에 도착했다. 카타니아 젊은이가 내렸고, 롬바르디아 거인도 내렸으며, 창문으로 얼굴을 내민 나는 콧수염과 무수염도 역시 내리는 것을 보았다.

간단히 말해 모든 기차가 내렸다. 그리고 햇살 아래 단지 텅 빈 객차들과 함께 여행은 계속되었고, 나는 왜 나도 내리지 않았을까 스스로에게 질문했다.

어쨌든 나는 시라쿠사까지 가는 차표를 갖고 있었고, 텅 빈 객차에서 햇살을 받으며 텅 빈 들판을 가로질러 여행을 계속했다. 복도에서 객실 안으로 돌아온 나는, 환자처럼 노란 밀랍 얼굴의 젊은이가, 머리에는 부드러운 천 모자를 쓰고, 목도리를 두른 채, 자기 자리에 그대로 앉아 있는 것을 발견하고 깜짝 놀랐다. 나는 그와 함께, 나를 바라보는 그를 바라보면서, 말 한마디 없이, 하지만 그와 함께 있어 만족스럽게 여행을 했다. 햇살을 받으며 텅 빈 들판을 가로질러, 들판이 녹색 말라리아*에 뒤덮일 때까지 여행했다. 그리고 말라리아와 오렌지 나무들이 늘어선 기다란 녹색 경사지의 발치에 있는 렌티니에 도착했다. 목도리에 둘러싸인 젊은이가 내렸다. 그는 말라리아로 황량하고 쓸쓸한 플랫폼 위에서, 햇살 아래, 추위에 몸을 떨었다.

그렇게 해서 나는 혼자였다. 해변의 시라쿠사를 향한 들판은 바위투성이였다. 그런데 눈을 든 나는 창밖으로 무수염을 보았다. 그는 복도에 꼼짝 않고 서서 나를 바라보고 있었다.

---

* '나쁜 공기'라는 뜻으로 시칠리아에서는 유황 성분이 섞인 유독하고 건강에 해로운 대기를 가리킨다.

8장

그는 나에게 미소를 지었다.

그는 등 뒤로 햇살을 받으며 복도에 서 있었고, 등 뒤로는 바위투성이의 들판과 바다가 보였다. 단지 우리 둘뿐이었다. 전체 객차 안에서, 아마도 전체 기차에서, 텅 빈 들판을 달리는 기차 안에서, 나와 그, 두 사람뿐이었다.

그는 시가를 피우는 사람 같은 얼굴로, 콧수염 없이, 가지 빛깔의 외투를 입고, 가지 빛깔의 모자를 쓴 거대한 몸집으로 나에게 미소를 지었으며, 객실로 들어와 앉았다.

"괜찮습니까?" 그는 앉더니 말했다.

"물론이지요. 괜찮습니다." 내가 대답했다.

그리고 그는 내 허락과 함께 앉을 수 있다는 것에 만족했다. 앉는다는 사실 자체에 만족한 것은 아니었다. 객실 전체에 앉을 자리가 있었으니까. 오히려 내가 있는 곳에, 다른 사람이 있는 곳에 앉는다는 사실에 만족했던 것이다.

"당신이 카타니아에서 내리는 것을 본 것 같은데요." 내가 말했다.

"아, 나를 보았습니까?" 그는 만족해서 말했다. "하지만 나는 내 친구를 칼타니세타로 가는 기차까지 바래다주었어요. 마지막 순간에 이 기차에 다시 올라탔지요."

"아, 그렇군요."

"맨 마지막 칸에 올라탔지요."

"아, 그렇군요."

"가까스로 시간 안에 탔어요."

"아, 그렇군요."

"그런데 중간에 일등칸과 이등칸 객실이 있어요. 그래서 나는 내 가방하고 떨어져서 저쪽에 있어야 했지요."

"아, 그렇군요."

"하지만 렌티니에서 내려서 이곳으로 왔어요."

나는 또다시 말했다. "아, 그렇군요."

그는 더 이상 말하지 않았다. 모든 것을 설명한 것에 만족하여, 잠시 동안 말없이 있었다. 그러고는 한숨을 쉬었고, 미소를 짓더니 말했다.

"나는 가방 때문에 걱정했어요!"

"그렇군요, 알 수 없지요……."

"정말이지요? 알 수 없어요……. 나쁜 녀석들이 돌아다니니까요."

"그래요, 나쁜 녀석들이……."

"렌티니에서 내린 그 녀석처럼……. 그 사람 보았지요?"

"누구요? 그 목도리를 둘러쓴 사람이요?"

"네, 그 둘러쓴 사람이요……. 범죄자 얼굴 같지 않아요?"

나는 대답하지 않았다. 그러자 그는 한숨을 쉬었고, 주위를 둘러보았으며, 객실의 에나멜 칠이 된 모든 안내문들을 읽었고, 재빨리 지나가는 텅 빈 들판을 구부정하게 바라보았다. 바다를 따라 똑같은 모습으로 황량한 바위들이 펼쳐진 들판을. 그러고는 미소를 짓더니 마침내 말했다.

"나는 등기소 공무원이오!"

"아! 정말입니까? 그런데…… 무슨 일입니까? 휴가를 받아 집에 갑니까?"

"그래요. 휴가를 가지요……. 쉬아카에, 고향에 갑니다."

"쉬아카. 그러면 멀리에서 오는 길입니까?"

"볼로냐에서요. 난 그곳 공무원이오. 내 아내는 볼로냐 사람이고, 내 아이들도 그렇지요."

그는 만족해했다. 내가 물었다.

"그런데 여기에서 쉬아카로 갑니까?"

"네, 여기서요. 시라쿠사, 스파카포르노, 모디카, 제니시, 돈나푸가타……."*

"비토리아, 팔코나라, 리카타."

"아아아아! 지르젠티……."**

"미안하지만, 지금은 아그리젠토입니다. 그런데 칼타니세타

---

* Spaccaforno, Modica, Genisi, Donnafugata. 곧이어 나오는 Vittoria, Falconara, Licata와 함께 모두 시라쿠사에서 쉬아카까지 해안을 따라 놓인 철도 노선에 있는 도시와 소읍들이다.
** Girgenti. 뒤이어 말하듯이 시칠리아 남부 아그리젠토(Agrigento)의 옛 이름이다.

를 거쳐서 가는 것이 편하지 않아요?"

"물론, 편하지요. 돈도 8리라 절약됩니다. 하지만 이쪽으로는 언제나 바다를 따라가지요⋯⋯."

"당신은 바다를 좋아합니까?"

"모르겠어요, 좋아하는 것 같아요. 어쨌든 이 노선이 좋아요⋯⋯."

그는 한숨을 쉬었고, 미소를 지었다. 그러고는 일어나더니 말했다.

"실례합니다."

그는 옆의 객실로 갔으며, 천으로 된, 조그마한 어린이용 도시락 바구니를 갖고 돌아왔다. 그리고 바구니를 무릎 위에, 짧은 다리 위에 올려놓고 열더니 빵을 꺼냈고 미소를 지었다.

"빵이오, 헤! 헤!"

그런 다음 길쭉한 튀김을 꺼냈고, 또다시 미소를 지었다.

"계란 튀김이오!"

나는 그에게 미소로 대답했다. 그는 주머니칼로 계란 튀김을 두 조각으로 잘랐고, 한 조각을 나에게 내밀었다.

"오, 아니에요, 고맙습니다!" 나는 계란 튀김으로 무장한 채 들고 있는 그의 손을 피하면서 말했다.

"왜요? 받기 싫으세요?"

"배가 고프지 않아요."

그: "배가 고프지 않다고요? 여행을 하면 언제나 배가 고픈 법이지요."

나: "하지만 아직 1시도 되지 않았어요. 나는 시라쿠사에서 먹겠습니다."

그 : "좋아요, 그래도 지금 시작하세요. 시라쿠사에서 계속하면 되지요."

나 : "그럴 수는 없어요. 입맛이 달아날 거예요."

그러자 그는 더욱 우울해졌다. 그는 집요했다.

"아! 나는 등기소 공무원이오!" 그는 또다시 말했다. "내게 이런 실례를 하지 마시오! 받기라도 해야지요⋯⋯."

나는 받았고 그와 함께 계란 튀김을 먹었다. 그리고 그는 행복했고, 나도 역시 어떤 면에서는 만족했다. 어떤 면에서는 그를 만족시켜 주었다는 것에 만족했다. 계란 튀김을 씹으면서, 또 그처럼 계란 튀김으로 손을 더럽히면서. 그동안 아우구스타가 지나갔다. 바다 한가운데 황량한 집들의 산을 이룬 아우구스타가, 햇살 아래, 돛단배와 배들 사이로, 염전들 사이로 지나갔으며, 시라쿠사가 가까워지고 있었다. 시라쿠사의 바다를 따라 텅 빈 들판 사이로 여행했다.

"당신은 시라쿠사에서 더 맛있게 먹을 거요." 그가 말했다. 그리고 덧붙였다. "시라쿠사에서 내려요?"

"그곳에서 내리지요."

"그곳에 살아요?"

"아니오, 그곳에 살지 않아요."

"그러면 시라쿠사에 아는 사람이 아무도 없어요?"

"없어요."

"그렇다면 업무상 가는군요."

"아닙니다."

그는 당황한 표정으로 나를 바라보았다. 계란 튀김을 먹으면서, 자신의 계란 튀김을 먹는 나를 바라보면서. 내가 말했다.

"당신의 목소리는 멋진 바리톤이군요."

곧바로 그는 얼굴을 붉혔다.

"오!"

"왜요? 그걸 몰랐어요?"

"오, 알고는 있지요." 그는 상기되고 만족한 표정으로 말했다.

그래서 내가 말했다. "당연하지요. 지금까지 그걸 모르고 살았을 리 없지요. 당신이 등기소의 공무원이라니 유감이로군요, 노래를 하지 않고……."

"그래요, 그랬으면 좋았을 텐데……. 「팔스타프」나 「리골레토」를…… 유럽의 모든 무대 위에서 말이오."

"아니면 거리에서도 좋지요. 그게 뭐 중요합니까? 어쨌든 공무원을 하는 것보다는 낫지요."

"오, 그래요, 아마……."

그리고 그는 약간 당황하여 입을 다물었고, 튀김을 씹으면서 잠시 말없이 있었다. 바위투성이 들판의 경사면 너머로, 바다를 배경으로, 시라쿠사 대성당의 덩어리가 나타났다.

"이제 시라쿠사군요." 내가 말했다.

그는 나를 바라보았고, 미소를 지었다.

"이제 당신은 도착했군요." 그가 말했다.

우리는 인사를 나누었고, 기차가 역으로 들어섰다.

"내가 갈아탈 기차가 바로 있을 겁니다." 그가 말했다.

그리고 나는 시라쿠사에 내렸다. 내가 태어난 곳, 그리고 15년 전 내가 떠났던 곳, 내 삶 속의 정거장에 내렸다. 자칭 등기소 공무원인 사람, 즉 무수염은 자기 짐을 내리면서 다시 한 번 나에게 인사를 했다.

"안녕히 가세요. 그런데 시라쿠사에서 무엇을 할 셈이오?"
그가 나에게 말했다.

나는 그에게 대답하기에는 너무 멀리 떨어져 있었고, 대답
을 하지 않았다. 출구를 향해 나는 멀어졌고, 더 이상 그를 볼
수 없었다.

그렇게 나는 시라쿠사에 있었다.

그런데 시라쿠사에서 무엇을 할 것인가? 무엇 때문에 나는
시라쿠사에 왔을까? 무엇 때문에 나는 다른 곳이 아닌, 시라
쿠사로 가는 기차표를 샀을까? 어디로 가는 기차표를 사든 분
명 나에게는 중요하지 않았다. 시라쿠사에 있든 다른 곳에 있
든, 분명히 나에게는 중요하지 않았다. 나에게는 똑같은 일이었
다. 나는 시칠리아에 있었다. 나는 시칠리아를 여행하고 있었
다. 그리고 나는 다시 기차를 잡아타고 집으로 돌아갈 수도 있
었다.

그렇지만 나는 이미 오렌지 사내, 콧수염과 무수염, 롬바르
디아 거인, 카타니아 젊은이, 마른 나뭇가지의 목소리를 가진
조그마한 노인, 목도리를 뒤집어쓴 병든 젊은이를 알았으며, 시
라쿠사에 있거나 또는 다른 곳에 있는 것이 아마 나와 무관하
지 않은 것처럼 보였다.

나는 속으로 말했다.

'정말로 멍청하군. 무엇 때문에 어머니를 만나러 가지 않는
거야? 똑같은 돈으로, 똑같은 시간으로, 산골에 있는……'

그리고 나는 어머니에게 부치지 않은 축하 엽서를 손에 들
었다. 그날이 바로 8일이라는 것을 생각했다. '큰일 났군! 불쌍

한 노인네! 내가 직접 가지고 가지 않으면 오늘 안으로 도착하
지 못하겠어.' 그리고 나는 산골에 있는 어머니 집까지 여행하
는 데 충분한 돈이 남아 있는지 알아보기 위해 지선(支線) 역
으로 갔다.

2부

9장

　3시, 12월의 햇살 속에 소리 죽여 폭발하는 바다를 뒤로하고, 조그마한 기차는 작은 녹색 객차들과 함께 좁은 바위 계곡으로, 부채선인장들의 숲 속으로 들어갔다. 시라쿠사에서 산골 마을들로, 소르티노, 팔라촐로, 몬테라우로, 비치니, 그람미켈레 등으로 가는, 시칠리아의 지선 철도였다.

　정거장들이 지나가기 시작했다. 역장의 빨간 모자에 비치는 햇살과 함께 나무 역사(驛舍)들이 지나갔다. 쇠스랑처럼 커다란 부채선인장들의 숲이 넓게 펼쳐졌다 좁아졌다 했다. 부채선인장들은 모두 녹색 돌들이었다. 눈에 보이는 사람이라곤 어느 소년 하나뿐이었다. 철길을 따라, 돌 같은 부채선인장 위에서 산호처럼 자라는 가시 돋친 열매들을 따러 가는, 아니면 돌아오는 소년이었다. 소년은 기차가 지나가는 동안 소리를 질렀다.

　숲 속의 채석장으로 바람이 불었다. 정거장에 멈출 때면, 마치 바다 앞에 서 있듯, 미세하게 후두둑거리는 바람 소리를 느낄 수 있었다. 그러다 조그마한 빨간 깃발이 흔들렸고, 기차는 도착했고, 또다시 떠났다. 부채선인장들 사이로 집들이 나타났다. 기차는 어느 아치형 다리 위에 멈췄고, 다리 아래로 지붕들이 층층이 펼쳐져 있었다. 기차는 터널을 지나갔고, 또다시 부채선인장과 바위 덩어리들 사이에 있었으며, 눈에 보이는 사람이라곤 어느 소년 하나뿐이었다.

소년은 기차가 지나가는 동안 기차를 향해 고함을 질렀다. 소년의 고함 소리 위에, 조그마한 빨간 깃발들 위에, 역장들의 빨간 모자들 위에 햇살이 비치고 있었다.

그런데 갑자기 빨간 모자, 조그마한 빨간 깃발, 소년의 고함에서 햇살이 사라졌다. 부채선인장 아래는 어두웠고, 등불이 하나 나타났다. 잿빛 노새 한 마리가 개울을 건너고 있었다. 기차는 위로 올라갔고, 터널들을 지났으며, 긴 산허리들이 보였다. 그리고 정거장 저 아래 계곡에, 불빛이 네 개, 다섯 개 보였다. 마을들이 보였다.

그리고 개울의 물소리가 들렸고, 어느 목소리가 말했다. "비치니에 도착했군." 개울의 물소리는 기차의 발치에 머물러 있었다. 기차는 멈추어 있었고, 사람들은 어두운 밤에 개울물을 따라 내려갔다. 한쪽으로는 산이 있었고, 다른 한쪽으로는 하늘이 보였다.

그곳이 비치니였고, 나는 거기서 밤을 보냈다. 쥐엄나무 냄새가 나는 여관의 방에서. 내 목적지까지 가는 버스가 없었고, 이튿 밤의 졸음이 추위 속에서 나를 엄습했다. 버스를 타지 못한 것은 나에게 중요하지 않았다. 나에게 중요한 것은 단지 잠을 자는 것이었으며, 나는 그곳에서 잤다. 쥐엄나무 냄새 아래 파묻히듯 깊게 잤다. 그리고 이튿날 일어났다. 쥐엄나무가 된 듯, 이미 내 안에 스며든 그 냄새와 함께, 덧창이 없는 창문으로 들어오는 햇살과 함께 일어났다. 그러고는 마치 잠이 계속되듯이, 버스를 타고 개울을 따라 여행했다. 세 개의 계곡 위에 있는 높다란 비치니에서 더 높은 산골을 향해, 세 시간 동안 여행했다. 마침내 누군가 말했다. "네베*로군." 그리고 도착했다.

---

* Neve. 주인공 실베스트로의 어머니가 사는 소읍이다.

10장

'아니, 그런데 내가 어머니 집에 왔잖아!'

버스에서 내려 어머니가 사는 높은 구역으로 올라가는, 긴 계단의 발치에 섰을 때, 나는 생각했다.

마을의 이름이 어느 벽 위에 적혀 있었다. 내가 해마다 어머니에게 보내는 엽서 위에 적혀 있듯이. 그리고 낡은 집들 사이의 그 긴 계단, 주위의 산들, 지붕 위에 쌓인 눈의 얼룩들이 내 눈앞에 펼쳐져 있었다. 어린 시절에 한두 번 그랬던 것을 갑자기 기억한 것처럼. 그곳에 있다는 것이 나와 무관하지 않은 것 같았다. 그리고 나는 만족했다. 그곳에 왔다는 것에, 시라쿠사에 머무르지 않았다는 것에, 북부 이탈리아로 가는 기차를 다시 타지 않은 것에, 아직 내 여행이 끝나지 않았다는 것에 만족했다. 그곳에 있다는 사실에서 가장 중요한 것은 바로 그것이었다. 아직 내 여행이 끝나지 않았다는 것, 아니, 어쩌면 이제 막 여행을 시작했다는 것이었다. 최소한 나는 그렇게 생각했다. 그 긴 계단과 높은 곳의 집들과 둥근 지붕들을 바라보면서, 또 집과 바위의 경사면들, 저 아래 계곡의 지붕들, 어느 굴뚝의 연기, 눈의 얼룩들, 짚더미를 바라보면서, 주철(鑄鐵)로 된 분수 주위에, 햇살 아래, 땅바닥에 깔린 얼음 조각들 위에서 노는 맨발의 시칠리아 아이들의 무리를 바라보면서 그렇게 생각했다.

'아니, 그런데, 내가 어머니 집에 왔잖아!'

나는 또다시 생각했다. 그리고 갑자기 기억 속의 어느 지점에, 환상적인 곳에 와 있듯이, 내가 갑자기 그곳에 있다는 사실을 발견했다. 4차원의 세계로 들어가 여행하는 것 같았다. 시라쿠사에 있다는 것과 그곳에 있다는 것 사이에는, 단지 하나의 꿈, 영혼의 휴식, 또는 아무것도 없는 것 같았다. 그곳에 있다는 것은, 내 육신이 아닌 내 기억이 움직인 결정에서 나온 것 같았다. 그곳에 있는 아침 역시 그랬고, 산의 추위와 그곳에 있다는 기쁨 역시 그랬다. 그리고 그 전날 저녁, 어머니의 영명축일이 지나기 전에 도착하지 못한 데 대한 후회감도 느끼지 못했다. 마치 그 햇살은 9일이 아닌 8일의 햇살인 것처럼, 또는 4차원 세계의 어느 날인 것처럼.

나는 어머니가 그 높은 구역에 산다는 것을 알고 있었다. 어렸을 적 할아버지와 할머니를 만나러 왔을 때, 그 계단을 올라갔던 것을 기억했다. 나는 계단을 오르기 시작했다. 층계 위에는, 어느 집 앞에, 나뭇단들이 있었고, 나는 올라갔다. 군데군데 눈들이 남아 있었고, 추위 속에, 거의 정오가 되어 가는 오전의 햇살 아래, 나는 마침내 커다란 산골 마을과 녹지 않고 남은 눈이 흩어진 계곡들 위의 높은 곳에 이르렀다. 사람들은 보이지 않았다. 동상(凍傷)으로 짓무른 맨발의 아이들뿐. 나는 오래된 것처럼 보이는 커다란 '성모 교회'의 둥근 지붕 주위 높은 곳에 있는 집들 사이를 돌았다.

나는 축하 엽서를 손에 들고 돌았다. 엽서에는 거리의 이름과, 어머니가 살고 있는 집의 번지가 적혀 있었고, 나는 우편배달부처럼 엽서에 이끌려, 또 약간의 기억에 이끌려 손쉽게 곧바로 찾아갈 수 있었다. 또 자루들과 통들이 쌓인 어느 가게에서 물어보기도 했다. 그렇게 나는 콘체치오네 페라우토 부인, 즉 나의 어머니를 방문하게 되었고, 우체부처럼 손에는 축하 엽서를 들고, 입으로는 콘체치오네 페라우토라는 이름을 중얼거리며 찾았다. 집은 표시된 길의 맨 끝에, 조그마한 정원의 위쪽에 있었고, 작은 외부 계단이 나 있었다. 나는 햇살 아래 계단을 올라갔다. 다시 한 번 엽서 위의 주소를 보았다. 나는 어머니 집에 와 있었다. 나는 문지방을 알아보았고, 그곳에 있다는 것이 나와 무관하지 않았다. 바로 4차원 세계로의 여행에서 최고의 절정이었다.

나는 문을 밀었고, 집 안으로 들어갔다. 다른 방에서 어느 목소리가 말했다. "누구세요?" 나는 그 목소리를 알아보았다. 15년 동안 기억하지 못했으나, 15년 전과 동일한 그 목소리를 이제야 기억했다. 목소리는 크고 밝았으며, 나는 어린 시절 어머니가 다른 방에서 말하던 것을 기억했다.

"콘체치오네 부인." 나는 말했다.

11장

키가 크고, 밝은 머리의 부인이 나타났다. 나는 나의 어머니를, 금발에 가까운 밤색 머리카락에, 키가 크고, 턱과 코가 단단하고 눈이 검은 여자를 완벽하게 알아보았다. 어깨에는 빨간 모포를 걸쳐 몸을 따뜻하게 하고 있었다.

나는 웃었다. "축하합니다."

"오, 실베스트로구나." 어머니가 말하곤 내게 가까이 왔다.

나는 어머니의 볼에다 입을 맞추었고, 어머니는 나의 볼에다 입을 맞추었다. 그리고 말했다. "그런데 무슨 바람이 불어 여기까지 왔지?"

"나를 어떻게 알아보았어요?"

어머니는 웃었다. 그리고 말했다. "나도 그게 궁금하구나."

청어를 굽는 냄새가 났고, 어머니는 덧붙였다. "부엌으로 가자……. 청어를 불에 올려놓았거든!"

우리는 옆방으로 갔다. 그곳에는 햇살이 침대의 검은 철제 난간을 비추고 있었고, 그 너머 조그마한 부엌에는 햇살이 모든 것을 비추고 있었다. 부엌 바닥에는 나무 발판 위에 놓인 청동화로에 불이 피워져 있었다. 그 위에서 청어가 연기를 내며 구워지고 있었고, 어머니는 몸을 숙여 청어를 뒤집었다. "얼마나 맛있는지 먹어 보자."

"그래요." 내가 말했다. 그리고 청어 냄새를 들이마셨다. 그것은 나와 무관하지 않았다. 내가 좋아하는 냄새였고, 나는 어린 시절의 음식 냄새를 확인했다. "더 나아진 것이 전혀 없는 것 같군요." 내가 말했다. 그리고 물었다. "어렸을 때 우리는 청어를 먹었지요?"

"물론이지. 겨울에는 청어, 여름에는 고추. 그게 언제나 우리가 먹는 것들이었지. 기억나지 않니?"

"또 야채 넣은 콩하고요." 나는 생각이 나서 말했다.

"그래, 야채 넣은 콩. 너는 야채 넣은 콩을 미친 듯이 좋아했지."

"아! 내가 그것을 미친 듯이 좋아했어요?"

그러자 어머니가 말했다. "그래, 너는 언제나 한 접시 더 먹으려고 했지……. 또 양파, 말린 토마토, 돼지기름으로 요리한 렌즈콩도 그랬지……."

"또 로즈마리 잎사귀도 넣었지요?"

"그래……. 로즈마리 잎사귀도."

"그것도 언제나 한 접시 더 먹으려고 했나요?"

"물론이지! 너는 에사우* 같았어……. 너는 렌즈콩 한 접시

---

* 성경에 나오는 인물로 쌍둥이 동생 야곱의 죽 한 그릇을 먹는 대신 자신의 장자 상속권을 그에게 넘겼다.(「창세기」 25장 29~34절 참조.)

를 더 먹기 위해 장자 상속권도 팔아 넘겼을 거야……. 네가 학교에서 돌아올 때의 모습을 보는 것 같구나. 오후 3시, 4시에, 기차를 타고……."

"그래요, 화물 열차를 타고, 화물칸에서……. 처음에는 나 혼자였고, 다음에는 나하고 펠리체…… 그다음에는 나하고 펠리체, 리보리오와 함께……."

"너희들은 모두 참새들 같았어. 머리카락들이 뒤엉킨 머리, 까만 코, 언제나 새카만 손들…… 그리고 너희들은 곧바로 물었지. '오늘 렌즈콩 있어요, 엄마?'"

"우리가 살던 그 철도원 관사들에서 그랬지요. 우리는 정거장에서 기차에서 내렸어요. 산카탈도, 세라디팔코, 아쿠아비바, 우리가 돌아다니면서 살았던 모든 곳에서 그랬어요. 우리는 집까지 1킬로미터 혹은 2킬로미터를 걸어가야 했어요……."

"그래……. 때로는 3킬로미터도 걸었지. 기차가 지나가면 나는 너희들이 철도를 따라 돌아오고 있다는 것을 알았어. 그러면 렌즈콩을 올려놓아 데우고, 청어를 굽고, 그러고 나서 너희들이 소리치는 것을 들었지. '땅, 땅.' 하고 말이야."

"땅? 땅이라니요?"

"그래, 땅. 너희들의 어떤 놀이 때문이었지. 그리고 한번은, 라칼무토에서 관사가 오르막길에 있어서 기차가 속도를 줄여야 했어. 그런데 너희들은 달리는 기차에서 뛰어내리는 법을 배워서 집 앞에서 내리곤 했다. 나는 너희들이 기차 밑으로 끌려 들어갈까 엄청나게 겁이 났지. 그래서 몽둥이를 들고 밖에서 기다리곤 했단다……."

"그리고 우릴 때렸나요?"

"그야 당연하지! 너 생각나지 않아……? 그 몽둥이로 너희들 다리를 부서뜨렸지. 그리고 어떤 때는 너희들을 굶기기도 했어."

어머니는 손으로 청어의 꼬리 부분을 들고 일어섰다. 그리고는 이쪽저쪽을 살펴보았다. 나는 청어의 냄새 속에서 어머니의 얼굴을, 이제 기억나는 젊었을 때의 얼굴보다 더 나빠진 것이 전혀 없는 얼굴을 보았다. 그 젊은 얼굴에다 무엇인가를 더한 나이와 함께. 바로 그것이 나의 어머니였다. 그것은 15년 전에 그랬던 얼굴의 기억, 20년 전 기차에서 뛰어내린 우리를 손에 몽둥이를 들고 기다리던, 무섭고 젊은 얼굴의 기억, 그 기억, 거기에다 무언가 더해진, 아득히 먼 나이, 간단히 말해 두 번 현실적인 기억이었다. 어머니는 청어를 높이 쳐들고, 이쪽저쪽 살펴보았다. 어느 곳도 타지 않았으면서 잘 익은 청어 역시 그랬다. 기억과 무엇인가 더해진 시간. 그리고 모든 것이 그랬다. 기억과 무엇인가 더해진 시간, 햇살, 추위, 부엌 한가운데의 청동 화로, 내 의식 속에서 지금 내가 이 세상의 그 지점에 있다는 것, 모든 것이 그랬다. 그 모든 것은 두 번 현실적이었다. 아마도 그것 때문에, 내가 그곳에 있다는 인식, 여행한다는 것이 나와 무관하지 않았다. 두 번 진실한 그것 때문에, 메시나에서 이곳으로의 여행, 기차 운반선 위의 오렌지, 기차 안의 롬바르디아 거인, 콧수염과 무수염, 녹색의 말라리아, 시라쿠사, 간단히 말해 시칠리아 전체가 온통 두 번 현실적이었으며, 그것은 4차원으로의 여행이었다.

12장

어머니는 청어를 깨끗하게 손질하여 접시 위에 올려놓았고, 올리브기름을 뿌렸다. 어머니와 나는 식탁에 앉았다. 그러니까 부엌에서, 빨간 모포를 두른 어머니의 어깨와, 창문을 통해 밝은 밤색 머리카락 위로 비치는 햇살과 함께. 식탁은 벽에 맞닿아 있었고, 어머니와 나는 마주보고 앉았다. 기름으로 뒤덮인 청어 접시와 함께, 식탁 아래의 화로와 함께. 어머니는 나에게 냅킨을 하나 던져 주었고, 조그마한 접시 하나와 포크 하나를 건네주었고, 서랍에서 반쯤 먹은 커다란 빵을 꺼냈다.

"식탁보를 펴지 않아도 괜찮겠지?"

"아, 괜찮아요."

"나는 매일 빨래를 할 수 없단다……. 이제 늙었어."

하지만 어린 시절에도 일요일과 축제일을 제외하고 우리는 언제나 식탁보 없이 먹었다. 내 기억에 어머니는 언제나 말했다. 매일 빨래를 할 수 없다고. 나는 청어와 빵을 먹기 시작했다. 그리고 물었다.

"왜 수프가 없어요?"

어머니는 나를 바라보더니 말했다. "네가 오는 줄 내가 어떻게 알았겠니?"

나는 어머니를 바라보면서 말했다. "아니, 어머니에게 하는 말이에요. 어머니는 수프를 해서 드시지 않아요?"

"나에게 하는 말이라고? 나는 내 생애에서 거의 수프를 먹어 본 적이 없다……. 나는 너희들과 너희 아버지를 위해 요리했지만, 내가 먹는 것은 이런 것이었다. 겨울에는 청어, 여름에는 구운 고추, 올리브기름, 빵……."

"언제나 그랬어요?"

"물론, 언제나 그랬지. 때로는 올리브 열매, 그리고 돼지고기, 소시지도 먹었지. 돼지를 길렀을 때는 말이다……."

"돼지를 길렀어요?"

"그래, 생각나지 않니? 언젠가 철도원 관사에서 돼지를 길렀어. 부채선인장으로 키웠지. 그런 다음 돼지를 잡았어……."

여기에서 나는 철로 옆 어느 관사 주변의 들판, 부채선인장들, 돼지의 고함 소리를 기억했다. 철도원 관사에서 우리는 잘 살았다고 나는 생각했다. 그 들판은 온통 달리기에 좋았고, 경작되지 않았으며, 농부들도 없었고, 단지 양 몇 마리와 유황 광산의 광부들만 지나갈 뿐이었다. 광부들은 밤에 우리가 이미 잠자리에 들었을 때 집으로 돌아가곤 했다. 그때는 잘살았다고 나는 생각했다. 그리고 물었다.

"닭도 길렀지요?"

어머니는 그렇다고, 닭도 물론 몇 마리 있었다고 대답했다.

그리고 내가 물었다. "밀가루 과자를 만들었지요······."

그러자 어머니가 말했다. "온갖 종류를 다 만들었지······. 햇볕에 말린 토마토······. 부채선인장 과자."

"그때는 잘살았지요." 나는 여름날 오후 햇볕에 말리는 토마토들을 생각하면서 그렇게 생각했다. 사람이라곤 그림자도 보이지 않는 그 넓은 들판. 그것은 유황 빛깔의 메마른 들판이었고, 나는 여름의 거대한 웅얼거림과 정적의 분출을 생각했다. 그리고 또다시 그때는 잘 살았다고 생각했다.

"그때는 잘 살았지요. 우리에겐 철망도 있었어요!"

"대부분 말라리아가 있는 곳이었어!"

"정말로 엄청난 말라리아!"

"정말 엄청났지!"

"매미들도 있었어요!" 나는 말했다. 그리고 태양의 적막 속, 창문과 베란다의 철망 너머, 매미들의 숲을 생각했다. "나는 말라리아가 바로 매미들이라고 생각했어요!"

"하! 하!" 어머니는 웃었다. "아마 그래서 너는 매미들을 많이 잡았구나?"

"내가 매미들을 잡았어요? 하지만 나는 매미들이 아니라, 매미들의 노래가 말라리아라고 생각했어요······. 내가 매미들을 잡았어요?"

"물론이지! 한 번에 스무 마리, 서른 마리씩······."

"아마 귀뚜라미로 생각하고 잡았던 것 같아요······. 내가 매미들을 어떻게 했어요?"

어머니는 또다시 웃었다. "그걸 먹었던 것 같구나."

"내가 매미를 먹었어요?" 나는 소리쳤다.

"그래. 너하고 네 동생들 모두."

어머니는 웃었고, 나는 당황했다. "어떻게 그럴 수가?"

그러자 어머니가 말했다. "아마 배가 고팠던 모양이지."

"우리가 배가 고팠다고요?"

"아마 그랬지."

"하지만 우리 집은 잘살았잖아요!" 내가 항의했다.

어머니는 나를 바라보았다. "그래. 너희 아버지는 매달 말에 돈을 받았어. 그러면 열흘 동안은 잘살았지. 우리는 모든 농부들과 유황 광산 사람들의 선망의 대상이었단다…… 하지만 열흘 후에는 우리도 그들처럼 되었어. 달팽이를 먹었지."

"달팽이요?"

"그래. 또 야생 치커리도."

"그 사람들은 달팽이밖에 못 먹었어요?"

"그래, 모든 가난한 사람들은 대개 달팽이만 먹었어. 우리도 매달 20일 동안은 가난했지."

"그러면 우리도 20일 동안 달팽이를 먹었어요?"

"달팽이하고 야생 치커리."

나는 곰곰이 생각했고, 미소를 지은 다음 말했다. "어쨌든 달팽이 맛이 좋았던 것 같아요."

"최고였지…… 여러 가지 방법으로 요리할 수 있단다."

"어떻게? 여러 가지 방법으로요?"

"예를 들어 간단한 것은 삶는 거야. 마늘이나 토마토와 함께. 혹은 밀가루를 묻혀 튀기기도 하지."

"멋진 생각이군요! 밀가루를 묻혀 튀겨요? 껍질과 함께?"

"그럼, 물론이지. 껍질을 빨아 먹었지…… 기억나지 않니?"

"기억나요, 기억나요……. 정말 멋진 것은, 껍질을 빨아 먹는 맛이었던 것 같아요."

그러자 어머니가 말했다. "빨다 보면, 몇 시간이 지나가 지……."

13장

　잠시 동안 우리는 청어를 먹으면서 말이 없었다. 그러다 어머니가 다시 말을 꺼냈다. 나에게 달팽이를 요리하는 다른 방법들을 설명해 주었다. 그러면 내가 내 아내에게 가르쳐 줄 수 있을 것이라고 말했다. 하지만 나는 어머니에게 아내는 달팽이를 요리하지 않는다고 말했다. 그러자 어머니는 아내가 대개 무엇을 요리하는지 알고 싶어 했다. 나는 아내가 대개 삶는 요리를 한다고 말했다.

　"삶아? 무엇을?" 어머니가 외쳤다.

　"고기를 삶지요."

　"고기를 삶아? 어떤 고기를?" 어머니가 외쳤다.

　"쇠고기요."

　어머니는 역겹다는 표정으로 나를 바라보았다. 그리고 나에게 어떤 맛이냐고 물었다. 나는 어떤 특별한 맛은 없다고, 그저 국물과 함께 먹는 파스타라고 말했다.

"그러면 고기는?" 어머니가 물었다.

나는 어머니에게 말했다. 사실은 대개 국물을 먹은 다음에는 고기가 없다고. 나는 모든 것을 간단하게 설명했다. 당근, 셀러리, 소위 고기라고 말하는 뼛조각에 대해 모든 것을 자세하게 설명했다. 북부 이탈리아에서는, 최소한 요즈음에는, 최소한 도시에서는 시칠리아보다 잘산다는 것을, 어떤 방식으로든 사람답게 먹고 있다는 것을 이해할 수 있도록 설명했다.

어머니는 여전히 역겹다는 표정으로 나를 바라보았다.

"오! 매일 같이 그것을 먹어?" 어머니는 소리쳤다.

"물론이지요! 단지 일요일만 그런 것은 아니에요! 최소한 일을 하고 돈을 버는 동안에는 말이에요!"

어머니는 당황한 표정이었다. "매일! 그런데도 너희들은 질리지 않니?"

"그러면 어머니는 청어가 질리지 않아요?"

"하지만 청어는 맛이 있지." 어머니가 말했다. 그리고 어머니 생애에서 먹어 보았다고 생각하는 모든 청어들에 대해 이야기하기 시작했다. 그리고 그 점에 있어서는, 언제나 청어만 먹을 수 있는 것에 있어서는, 어머니의 아버지, 즉 나의 외할아버지와 같다고 말했다.

"내 생각에 청어에는 무엇인가 두뇌에 좋은 것이 있는 것 같아. 얼굴 빛깔도 좋아지게 하지." 그러고는 사람의 여러 가지 기능에 청어가 좋다고 생각하는 것을 모두 설명했다. 아마 외할아버지는 바로 청어 덕분에 위대한 사람이 되었을 거라고 주장했다.

"외할아버지가 위대한 분이었어요?" 내가 물었다. 나는 머나

먼 어린 시절 나에게 드리워진 어떤 그늘과 함께 내가 성장했다는 것을 희미하게 기억했다. 그것은 분명 외할아버지의 위대함의 그늘이었을 것이다.

"외할아버지가 위대한 분이었어요?"

"물론이지! 몰랐니?"

나는 알고 있었다고 대답했다. 하지만 나는 외할아버지가 어떤 위대한 일을 했느냐고 물었고, 어머니는 외할아버지가 모든 일에서 위대했다고 소리쳤다. 외할아버지는 크고 아름다운 딸들을 세상에 낳았고, 어머니는 소리쳤다. 미장이도 아니면서 직접 당신의 손으로 지금 어머니가 살고 있는 그 집을 지으셨다고…….

"위대한 분이셨지. 하루에 열여덟 시간 동안이나 일할 수 있었고, 위대한 사회주의자였고, 위대한 사냥꾼이었고, 성 요셉 축제의 행렬에서는 말을 탄 위대한 모습이었지……."

"성 요셉 축제 행렬에서 말을 탔어요?"

"물론! 위대한 기사였지. 이 마을에서, 아니, 피아차아르메리나 전체에서도 누구보다 훌륭했어. 그분이 없으면 어떻게 기마 행진을 했겠니?"

"하지만 사회주의자였잖아요……."

"사회주의자였지……. 그분은 읽을 줄도 모르고, 쓸 줄도 몰랐어. 그렇지만 정치를 이해했고 사회주의자였지……."

"사회주의자였다면, 어떻게 성 요셉 행렬에서 말을 탈 수 있었지요? 사회주의자들은 성 요셉을 믿지 않아요."

"너는 정말로 멍청하구나! 네 외할아버지는 다른 사람들 같은 사회주의자가 아니었다. 위대한 분이셨지. 성 요셉을 믿으면서도 사회주의자가 될 수 있었어. 머릿속에 수천 가지를 한 꺼번에 갖고 계셨어. 그리고 정치를 이해했으니까 사회주의자 였지……. 그런데도 성 요셉을 믿을 수 있었지. 성 요셉에 대해 아무것도 반대하지 않으셨어."

"하지만 신부들은 반대한다고 생각했을 거예요."

"그분에게 신부들이 뭐 그리 중요했겠니?"

"하지만 행렬은 신부들의 일이잖아요!"

"너는 정말로 무식하구나!" 어머니가 소리쳤다. "행렬은 말 들과 말을 탄 사람들의 행렬이었어. 기마 행진이었단 말이야." 어머니는 일어나서 창문 쪽으로 갔다. 나는 어머니를 따라가 야 한다는 것을 깨달았다. "봐라." 어머니가 말했다. 창문으로 는 지붕들의 경사면과 계곡들, 개울과 겨울 햇살 속의 숲, 듬 성듬성 눈이 쌓인 맞은편 바위산이 보였다. "봐라." 어머니가 말했다. 그리고 나는 조금 더 주의 깊게 바라보았다. 그 연기 없는 굴뚝의 지붕들, 강물, 쥐엄나무 숲들, 듬성듬성 쌓인 눈 을 조금 더 주의 깊게, 말하자면 두 번 현실적으로 바라보았 다. 어머니가 말했다.

"기마 행진은 저기 맞은편에서 출발해서, 저 전신주 방향으 로 갔더랬어……. 여기서는 보이지 않지만, 저 산 위에는 조그 마한 교회가 하나 있어. 교회는 안팎으로 불을 밝혀서 별처럼 빛났지. 행렬은 등불과 방울 소리와 함께 교회에서 출발해서 산을 내려갔어. 물론 언제나 밤이었지. 등불들이 보이고, 나는 아버지가 위대한 기사답게 맨 앞에 있다는 것을 알았지. 모두 들 저 아래 광장이나 다리 위에서 기다리고 있었어. 행렬이 숲 속으로 들어가면 등불들은 보이지 않고 단지 방울 소리만 들렸어. 한참 시간이 지난 후에야 행렬은 등불과 온통 시끄러운 방울 소리와 함께 다리 위로 나타났지. 그분은 마치 왕처럼 맨 앞에 있었어……."

"이제 기억나는 것 같아요." 내가 말했다. 실제로 나는 그와 비슷한 것을, 말들의 방울 소리와 맞은편 산의 커다란 별을, 한밤중에, 최소한 꿈에라도 본 것 같았다. 하지만 어머니는 말했다. "천만에! 네가 그것을 딱 한 번 보았을 때, 너는 겨우 세 살이었어."

나는 밖에 보이는 그 시칠리아를 또다시 바라보았다. 그러고는 빨간 모포를 둘러쓴 어머니를, 머리에서 발끝까지 다시 바라보았다. 나는 어머니가 발에 남자 신발을 신고 있는 것을 발견했다. 아버지의 낡은 철도원용 신발, 높고 아마 못이 박혔을 신발이었다. 내 기억으로는, 어머니는 언제나 집 안에서 그 신발을 신는 습관이 있었다. 더 편해서 그랬는지, 또는 어떤 방식으로든 남자 안에 들어 있다고, 약간은 남자라고, 남자의 갈비뼈라고 느껴서 그랬는지는 모르지만.

14장

우리는 식탁으로 돌아왔고, 내가 말없이 어머니를 바라보자
어머니가 말했다.

"왜 그렇게 나를 바라보니?"

"보면 안 돼요?"

"그래, 보고 싶다면, 마음대로 보렴. 하지만 먹는 것이나 마
치도록 해라……."

나는 다시 빵을 한 조각 잘랐다. 빵은 잘못 구워진 듯 껍질
이 하얗고 단단했다.

"그런데 아버지는 어떤 생각이 들어서, 늘그막에 다른 여자
와 함께 떠났어요?"

어머니는 깜짝 놀란 것 같았다. 또 화가 난 것도 같았다. 그
리고 내 말을 한 마디 한 마디 반박하려는 것 같았다.

"그걸 어떻게 알았니?" 어머니는 소리쳤다.

"아버지가 편지를 썼어요."

"아하, 겁쟁이!" 어머니는 소리쳤다. "너한테 편지를 썼어? 다른 여자를 보았다고, 나를 차 버렸다고, 그 여자와 함께 떠났다고 말이야?"

나는 그렇다고, 그렇게 이해했다고 대답했다. 그러자 어머니가 소리쳤다.

"그런 겁쟁이!"

"왜요? 사실이 아니에요?"

"그게 사실이라고 생각하니? 넌 그 사람이 얼마나 겁쟁이였는가 생각나지 않니?"

"겁쟁이라고요?"

"물론이지." 어머니는 소리쳤다. "나를 때리고, 그다음에 울면서 내게 용서를 구할 때는……."

나는 탄성을 터뜨렸다. "오! 미안했던 모양이지요."

"미안했다고?" 어머니는 소리쳤다. "내가 방어할 줄 몰랐다면, 또 나도 함께 때리지 않았다면 그랬을지도 모르지……. 아마 그것 때문에 미안했던 모양이구나."

나는 웃었다. "아하하하!" 나는 그분들을 기억했다. 파란 눈에다 소년처럼 호리호리한 아버지와, 커다란 남자 신발을 신고, 육중하고 튼튼한 어머니를 기억했다. 함께 싸우는 두 분의 모습을 기억했다. 맹수들이 된 듯, 두 분은 모든 것을 때렸고, 의자들을 발로 찼고, 주먹으로 유리를 깨뜨리고, 식탁을 몽둥이로 때렸다. 그러면 우리는 웃으면서 환호했다. "아하하하!" 나는 웃었다. 그러자 어머니가 말했다.

"얼마나 겁쟁이였는지 알겠니? 내가 애를 낳을 때에도 울고만 있었어. 나는 진통을 겪으면서도 울지 않았는데, 그 사람은 울었어. 나는 그 사람 자리에 우리 아버지 같은 사람을 원했어!"

"어머니가 고통 받는 것이 괴로웠던 모양이지요."

"괴롭기는!" 어머니가 소리쳤다. "무엇 때문에 괴로워한단 말이냐? 내가 죽으려는 것도 아닌데. 울지 말고 나를 도와주는 것이 더 나았을 거야……."

"아버지가 무엇을 할 수 있었겠어요?"

"아니, 무엇을 할 수 있다니? 너는 네 아내가 해산할 때 아무것도 하지 않니?"

"글쎄요, 붙잡아 주지요……."

"그래, 무슨 일인가 하지? 하지만 그 사람은 나를 잡아 주지도 않았어……. 그 적막한 곳에 우리뿐이었어. 뜨거운 물도 준비하고, 할 일이 많았지. 그런데도 울고만 있었어……. 아니면 가까운 철도원 관사로 달려가 거기 있는 여자들을 부르거나……. 그것은 좋아했지, 다른 여자들이 집 안에 있는 것은 좋아했단 말이야. 하지만 여자들은 곧바로 오지 않았어. 나는 도움이 필요했고, 나를 도와 달라고, 내가 걸을 수 있도록 붙잡아 달라고 소리를 질렀지. 그런데도 울고만 있더구나. 보려고 하지 않았어……."

"아! 보려고 하지 않았어요?"

어머니는 약간 비스듬한 눈길로 나를 바라보았다. "그래, 보려고 하지 않았어." 그러고는 이렇게 덧붙였다. "아마 그 사람보다 너희들이 더 많이 보았을 거다. 너희들은 밖으로 나가서……."

내가 중간에 가로막았다. "아버지보다 우리가 더 많이 보았어요?"

"그래, 너희들은 보려고 했지……너희들 방에서 나와 층계참으로 가서 그 사람이 있는 곳으로 갔지. 그 사람은 눈을 들지 않았지만, 너희들은 눈을 동그랗게 뜨고 있었어. 너희들은 울고 있는 그 사람을 바라보고, 또 가구를 붙잡고 걸으려고 하는 나를 바라보았지. 나는 너희들을 밖으로 내보내라고 소리쳤지만, 그 사람은 그것조차 할 줄 몰랐어……. 나는 그 사람 자리에 우리 아버지 같은 사람을 원했단 말이야!"

"외할아버지 말이에요?"

"물론이지!" 어머니가 소리쳤다. "그분은 위대한 사람, 위대한 기사였어. 하루에 열여덟 시간 동안이나 땅을 팔 수 있는 농부였고, 용기가 있었고, 우리 엄마가 해산할 때 그분이 모든 것을 했어……. 그래서 나는 그 사람 자리에 아버지를 보고 싶었던 것이야. 내가 너희들을 내보내라고 말했는데도, 그 사람은 아무것도 하지 않았어. 이해하지 못했어. 눈을 들지 못했고, 보는 것을 두려워했어. 그래서 나는 겁쟁이라고 불렀고, 나를 도와 달라고 말했고, 진통이 있으니까 나를 붙잡아 달라고 말했지. 그런데 나에게 뭐라고 말했는지 아니? 곧 도착하니까 기다리라고 말하더구나."

"누가 도착해야 했는데요?"

"자기가 부르러 간 여자들을 말하는 거야……. 하지만 언제나 여자들이 제시간에 도착하는 것은 아니었어. 한번은 아기 머리가 밖으로 나오는 것을 느꼈지. 너희들 중 셋째였어. 그래서 나는 침대에 누운 채 말했지. 어서 빨리 와요!"

"그런데 우리는 그곳에서 바라보고 있었어요?"

"물론이지……. 그 사람은 너희들을 밖으로 내보내지 않았어. 하지만 너희들은 아주 어렸어. 너하고 펠리체뿐이었다. 너는 두 살 반, 펠리체는 한 살이 조금 넘었을 거야. 아기는 셋째였단다……. 나는 아기 머리가 완전히 밖으로 나온 것을 보았지……."

"그런데 우리는 그곳에서 바라보고 있었어요?"

"그렇다니까! 아기도 그곳에서 바라보고 있었지. 머리를 완전히 밖으로 내밀고, 눈을 뜬 채 말이다. 멋진 아기였어. 그리고 나는 네 아버지에게 빨리 달려와서 끄집어내라고 소리쳤지. 그런데 그 사람이 무엇을 했는지 아니? 하늘을 향해 두 팔을 쳐들더니 하느님을 부르기 시작하더구나. 비극을 공연할 때처럼 말이다……."

"오!"

"그래, 그랬단다……. 아기는 나를 쳐다보고 있었는데, 얼굴이 파랗게 변하더구나. 아주 멋진 아기였어. 나는 아기가 질식할까 두려웠지……."

"그때 누군가가 도착했겠군요."

"천만에! 그때는 밤 2시였고, 아무도 오지 않았어……. 하지만 나는 침대 탁자 위에 있던 물병을 잡았지. 난 엄청나게 화가 나 있었고, 그 물병을 네 아버지 머리에 던졌어……."

"맞추었어요?"

"물론, 나는 정확히 맞추지! 나는 정확하게 맞추었고, 그때서야 그 사람은 나를 도와주기로 작정했어. 그래서 나를 도왔고, 아기를 안전하고 건강하게 밖으로 끄집어냈어. 마치 그 사람이 아니라, 다른 남자가 된 것처럼 말이다. 물론 그 사람이

끄집어냈다기보다, 내가 밖으로 밀어낸 편이었지. 그 사람 얼굴은 완전히 피하고 땀 투성이였어……."

"그것 봐요, 겁쟁이가 아니었잖아요? 용기가 없었던 것도 아니에요. 오히려 피를 흘림으로써 사라진 그 이상의 무엇을 갖고 있었지요."

"그 이상의 무엇?" 어머니는 소리쳤다. 그러고는 이제 텅 빈 접시 안을 바라보았다. "대체 그 이상의 무엇을 가졌겠니? 그 사람은 우리 아버지 같은 남자가 아니었어!"

그리고 어머니는 식탁에서 일어섰고, 부엌 뒤편의 어두운 방, 아마 다락방으로 갔다. 그 커다란 신발로 어떻게 그리 가볍게 걷는지 신기할 정도였다.

15장

"어디 가세요?" 나는 어머니 뒤에다 소리쳤다.

어머니의 목소리는 희미하게 대답했다. 마치 먼지의 담요 속에서 들려오는 것 같았다. "멜론을 가지러 간다!" 그리고 나는 그곳이 분명 사용되지 않는 방, 낮은 지붕 아래의 다락방이라는 것을 알았다.

나는 기다렸다. 이제 접시에는 청어가 없었고, 부엌에는 청어 냄새마저 없었다. 그리고 어머니는 돌아왔다, 손에는 길쭉한 멜론을 들고서. "이봐, 멋지지? 겨울 멜론이야!"

어머니는 미소를 지었고, 그것은 하나의 환영이었다. 어린 시절의 저편, 철도원 관사에서, 손에 멜론을 들고 있던 어머니에 대한 기억과, 지금의 어머니 모습은 두 번 현실적이었다.

"우리에겐 전에도 겨울 멜론이 있었지요."

"그래. 나는 멜론을 닭장 속 짚더미 안에다 보관했지. 지금은 여기 다락방에다 보관한단다. 열 개 정도 있어."

"닭장 안에 보관했어요? 그런데 우리는 어머니가 어디에 보관하는지 몰라 신비해했어요! 우리는 도대체 알 수 없었지요. 마치 어머니 몸 안에 보관하는 것 같았어요. 그러다 이따금 일요일에 하나씩 꺼내 놓곤 했지요. 지금처럼 밖으로 나갔다가 멜론을 하나 가지고 돌아왔지요…… 신비했어요……."

"너희들은 사방으로 찾았지."

"물론이지요! 닭장 안에 있었다면, 우리가 찾아냈을 거예요."

"그래도 닭장 안에 있었어. 하지만 땅에 구멍을 파서 안에 넣고 위에는 짚으로 덮었단다."

"아, 그랬군요! 그런데도 우리는 어머니가 어떤 식으로든 몸 안에 보관하는 것으로 생각했지요……."

어머니는 미소를 지었다.

"그래서 너희들이 나를 '멜론 엄마'라고 불렀구나?"

"우리가 '멜론 엄마'라고 불렀어요?"

"아니면 '멜론들의 엄마'였던가…… 생각나지 않니?"

"멜론 엄마!" 내가 소리쳤다.

식탁 위에 올려놓은 멜론은 나를 향해 천천히 굴러왔다. 한 번, 두 번, 단단한 껍질에 섬세한 황금빛 무늬가 수놓인 녹색이 굴러왔다. 나는 몸을 숙여 냄새를 맡았다.

"바로 이것이에요."

그것은 단지 멜론의 냄새가 아닌 깊은 냄새였다. 외로운 철도 앞, 외로운 산골 겨울의 포도주처럼 묵은 냄새였고, 지붕 낮은 철도원 관사, 조그마한 식당의 묵은 냄새였다.

나는 주위를 둘러보았다.

"여기에는 우리 가구들이 하나도 남아 있지 않아요?"

"전혀 없다. 그릇들하고 주방 물건들은 남아 있지……. 또 이불, 시트가 있지. 가구들은 이곳으로 오면서 모두 팔아 버렸다……."

"그런데 어떻게 이곳으로 오기로 결정했어요?"

"그건 내가 결정했다. 여기는 우리 아버지의 집이고, 집세를 내지 않아. 아버지는 이 집을 일요일에 조금씩 지으셨어……. 너는 우리가 어디로 가기를 원했니?"

"모르겠어요……. 하지만 여기는 분명히 철도에서 멀리 떨어져 있잖아요! 철도를 보지 않고 어머니는 어떻게 살 수 있어요?"

"철도를 보는 것이 뭐 중요하니?"

"그러니까 내 말은…… 기차가 지나가는 소리가 전혀 들리지 않는다는 말이에요!"

"기차 지나가는 소리를 듣는 것이 뭐 중요하니?"

"나는 어머니에게 중요하다고 생각했지요……. 어머니는 기차가 지나갈 때면 밖으로 나가 작은 깃발을 들고 차단기 앞에 서 있곤 했잖아요?"

"그래, 너희들 중 하나를 내보내지 않았을 경우에 말이다."

"아하! 때로는 우리들 중 하나를 내보내기도 했어요?"

하지만 어머니의 대답은 내게 중요하지 않았다. 나는 특별한 관계에 있는 나와 기차를 기억할 수 있었다. 마치 대화의 상대이듯, 마치 내가 기차에게 말을 했듯이. 그리고 잠시 동안 나는 기차가 나에게 말했던 것을 기억하려고 노력하고 있다는 느낌이 들었다. 우리의 그 대화 속에서 내가 기차에게 배운 방식으로 세상을 생각하려는 듯이.

"우리가 정거장 가까이 살았던 곳이 있었지요. 아마 세라디 팔코였지요……. 우리가 보지는 못했지만, 화물칸들을 조작하는 동안 그것들이 서로 부딪치는 소리를 들을 수 있었어요."

나는 겨울을 기억했고, 나무도 없고 풀도 없이 뭉툭한 들판의 거대한 외로움을 기억했고, 멜론처럼 겨울 냄새가 나는 땅을 기억했다. 그리고 그 소음을 기억했다.

"나는 그 소리를 들었으면 좋겠어요!" 내가 말했다.

"멜론이나 잘라라!" 어머니가 소리쳤다.

나는 단단한 껍질을 찔렀고 칼은 곧바로 깊이 박혔다. 그동안 어머니는 포도주와 잔을 가지고 왔다. 포도주는 초라했지만, 멜론은 식탁 한가운데에 펼쳐져 있었다. 그리고 우리는 멜론의 겨울 냄새를 들이마셨다.

16장

그리고 내가 말했다. "그런데 그때?"

"그때?" 어머니가 물었다.

"네, 그때. 그때 아버지와 무슨 일이 있었어요?"

어머니는 또다시 충격을 받은 모양이었다.

"무엇 때문에 그런 이야기를 하지?" 어머니는 투덜거렸다. "나한테는 마찬가지야, 그 사람이 있든 없든……. 또 내가 없어도 그 사람에게 마찬가지라면, 내게는 아무런 상관도 없어."

"그러니까 다른 여자와 함께 떠난 것이 사실이에요?"

"떠났다고? 천만에, 떠나다니! 내가 쫓아냈어. 여기는 내 집이야."

"오, 세상에! 어머니가 싫증이 나서 쫓아냈어요?"

"그래. 나는 몇십 년 동안 참았지. 너무 오랫동안이었어. 나는 그 사람이 그 나이에 사랑에 빠진 것을 참을 수 없었다."

"아니, 어떻게, 사랑에 빠졌어요?"

"여자들에게 언제나 그랬잖아. 언제나 집 안에 다른 여자들이 있기를 원했고, 여자들 가운데에서 수탉 노릇을 하고 싶어 했지……. 그 사람이 시를 썼다는 것을 너도 알잖아. 여자들에게 시를 썼어……."

"그것은 전혀 나쁜 것이 아니잖아요."

"나쁘지 않다고? 그 여자들이 자기를 여왕이라 부르는 시를 들으면서 나를 위에서 내려다보는 것이 나쁘지 않다고?"

"여왕이라고 불렀어요?"

"그렇다니까. 여왕벌이라 부르기도 했단 말이야! 간수들의 더러운 여편네들, 여선생들, 역장 아내들을 말이다……. 여왕벌이라니!"

"그런데 그 여자들은 어떻게 자신을 그렇게 부른다는 것을 알 수 있었지요?"

"좋아! 어떤 여자가, 그 사람이 자기에게 친절하고, 또 축제에서 자기를 바라보면서 가장 아름다운 여인을 위해 건배하고, 또 자기를 향해 팔을 벌리고 그 시를 읽는 것을 보았다면, 더 이상 무엇을 알 필요가 있었겠니?"

나는 웃었다. "아하, 그 축제들! 그 모임들!"

"그 사람은 정말로 미치광이였다. 떠들썩한 일이 없으면 견딜 수 없어 했지……. 일주일에 한 번씩은 억지로 무슨 일인가를 꾸며야 했어. 모든 노선의 철도원들을 아내와 아가씨들과 함께 불러들였고, 그 여자들 가운데서 수탉 노릇을 했어. 매일 저녁 모였던 때도 있었지. 우리 집에서건, 아니면 다른 집에서건……. 춤을 추거나, 아니면 카드놀이를 하거나, 아니면 시를 낭송하거나……. 그리고 그 사람은 눈을 반짝이면서 잔치 한

가운데에 있었지……."

나는 나의 아버지를 기억할 수 있었다. 반짝이는 파란 눈으로, 내 어린 시절과 시칠리아 한가운데에, 산골의 적막함 속에 있는 아버지를. 그리고 나는 어머니도 기억할 수 있었다. 진정으로 불행하지는 않은 어머니를, 집안의 여주인 역할을 하면서, 주위에 포도주를 갖다 주면서, 환하게 웃으면서, 그런 수탉 남편 때문에 절대 불행하지 않은 어머니를 기억할 수 있었다.

"그런 것에 있어서는 대단했지." 어머니는 계속해서 말했다. "전혀 지치지도 않고 춤을 추었고, 한 바퀴도 놓치지 않았어. 레코드판이 끝나면 곧장 달려가서 바꾸고 돌아왔고, 어느 귀부인을 붙잡고 춤을 췄지. 말할 때마다 재치 있는 문장으로 무도회를 지배할 수 있었지……. 그리고 아코디언과 피리도 연주할 줄 알았어. 산골 전체에서 가장 훌륭한 피리 연주자였고, 커다란 목소리는 계곡을 가득 채웠지. 아! 정말로 위대한 사람이었어, 옛날의 무사처럼……. 그리고 말을 타고 있으면 왕처럼 느꼈지. 그리고 기마행렬이, 등불과 방울 소리와 함께 다리 위에 나타날 때면, 맨 앞에 왕처럼 있었어. 우리는 만세를 외쳤지……. 아빠 만세, 우리는 외쳤지!"

"그런데 지금 누구에 대해 말하는 거예요?"

"내 아버지, 네 외할아버지에 대해 말하고 있지. 너는 누구에 대해 말하는 것으로 생각했니?"

"외할아버지에 대한 말이에요? 외할아버지가 축음기를 틀었어요?"

"아니, 그건 아니야……. 그건 네 아버지였다. 축음기를 틀었고 레코드판을 바꾸었지. 달려가서 쉴 새 없이 레코드판을 바

꾸었어. 또 계속해서 춤을 추었어. 위대한 춤꾼, 위대한 난봉꾼
이었어…… 그리고 나를 귀부인으로 생각하고 빙글빙글 돌릴
때면, 나는 어린아이로 되돌아간 느낌이었어."

"아버지와 함께 어머니가 어린아이라고 느꼈어요?"

"아니, 천만에! 내 아버지, 네 외할아버지 말이다…… 정말
크고 위대했지, 희게 바랜 금발 수염에다 정말로 당당했지!"

"그렇다면 외할아버지가 춤을 추었나요?"

"네 아버지도 춤을 추었어. 축음기에다, 집으로 데리고 온
그 모든 여자들하고…… 지나칠 정도로 춤을 추었지. 매일 저
녁이라도 춤을 추고 싶었을 거야. 내가 너무 멀리 떨어진 철도
원 관사의 모임에 가려고 하지 않았을 때는, 내가 마치 1년치
생명을 빼앗기라도 한 것처럼 나를 바라보았지. 하지만 우리는
언제나 그가 가는 축제에 가고 싶었지……."

"그가 누구예요? 아버지인가요, 아니면 외할아버지인가요?"

"외할아버지, 외할아버지야……."

17장

어머니는 계속해서 말했다. 약간은 외할아버지에 대해, 또는 아버지에 대해, 또는 그 어떤 다른 사람들, 간단히 말해 남자들에 대해 말했다. 그리고 나는 틀림없이 외할아버지가 롬바르디아 거인 같은 사람이었을 것이라고 생각했다.

나는 외할아버지에 대한 기억이 전혀 없었다. 단지 그분의 손만 기억하고 있었다. 세 살 아니면 다섯 살짜리 어린아이였던 내 손을 붙잡고, 이 세상의 바로 그 지점에 있는 계단과 길거리를 데리고 돌아다니던 그 손만 기억했다. 하지만 나는 틀림없이 외할아버지가 롬바르디아 거인 같은 사람이었을 것이라고 생각했다. 말하자면 머리숱이 많고 조그맣고 하얀 수염을 기른 기차의 거인, 기차 안에서 자신의 말〔馬〕과, 자기 딸들과, 다른 의무들에 대해 말했던 사람과 같았을 것이라고.

"아마 롬바르디아 거인 같았던 모양이군요."

우리는 멜론까지 다 먹었다. 어머니는 일어났고 접시들을 모왔다. "롬바르디아 거인이 도대체 무엇이냐?"

나는 어깨를 움찔했다. 사실 어떻게 대답해야 할지 몰랐다. 그래서 이렇게 말했다. "어떤 사람이에요……."

"어떤 사람?"

"키가 크고, 커다란 남자요……. 외할아버지는 키가 크지 않았어요?"

"키가 컸지. 키가 큰 남자를 롬바르디아 거인이라고 부르니?"

"아니, 그렇지 않아요. 단지 키 때문에 그런 것은 아니에요……."

"그렇다면, 무엇 때문에 롬바르디아 거인을 생각하니?"

"그냥 그러니까요! 외할아버지는 파란 눈에다 금발이지 않았어요?"

"그것이 롬바르디아 거인이냐? 파란 눈에다 금발인 사람이야? 그러면 롬바르디아 거인이 되기 쉽구나!"

"그래요. 아마 쉽겠지요, 아마 아닐 수도 있어요……."

어머니는 식탁 앞에 꼼짝하지 않고 우뚝 서 있었다. 옛날의 젖가슴 아래에 팔짱을 낀 채, 빨간 모포를 두르고, 약간 비스듬한 눈길로 나를 바라보고 있었다.

"금발에다 눈이 파란 사람은 많아."

"그건 그래요. 하지만 롬바르디아 거인은 금발이 아닐 수도 있어요."

나는, 눈은 파랗지만 금발이 아닌 아버지를 생각했다. 그리고 아버지 역시 롬바르디아 거인이었다고, 「맥베스」에서, 철도원들과 간수들을 위해 철도 옆 탁자들 위에서 공연했던 모든 비극들에서 아버지도 역시 롬바르디아 거인이었다고 생각했다. 그리고 나는 말했다. "단지 눈만 파랄 수도 있어요."

"그래서?"

그리고 나는 실제로 롬바르디아 거인이, 기차 안에서 다른 의무들에 대해 말했던 사람이 어떻게 생겼는지 생각했다. 그리고 그 사람에 대한 향수 속에서, 그의 눈은 파랗지 않았고, 단지 머리숱만 많았던 것 같았다.

"그래요. 롬바르디아 거인은 머리숱이 많아요. 외할아버지는 머리숱이 많았어요?"

"머리숱이 많았느냐고? 아니야, 많지는 않았어. 수염 숱은 많았지, 하얗게 바랜 금발 수염이었어……. 하지만 머리 한가운데에는 머리카락이 없었지……. 롬바르디아 거인은 아니었어!"

"아니, 맞아요! 어쨌든 롬바르디아 거인이었어요."

"머리숱이 많은 사람이 롬바르디아 거인이라면, 어떻게 그럴 수 있었겠니? 그분은 머리숱이 많지 않았어……."

"머리숱이 뭐 그리 중요해요? 내 생각에, 외할아버지는 틀림없이 롬바르디아 거인이었어요……. 틀림없이 롬바르디아 지역에서 태어나셨을 겁니다."

"롬바르디아 지역에서?" 어머니는 소리쳤다. "롬바르디아 지역이란 게 무엇이냐?"

"롬바르디아 지역이란, 가령 니코시아 같은 지역이지요. 어머니는 니코시아에 대해서 알아요……?"

"그 고장에 대한 이야기를 들은 적이 있지. 거기서는 호두를 뿌린 빵을 만들지……. 하지만 우리 아버지는 니코시아 출신이 아니다."

"다른 롬바르디아 지역들도 많이 있어요. 스페를링가도 있고, 트로이아도 있고…… 발데모네 계곡의 모든 지역이 롬바르디아 지역이에요."

"하지만 그분은 발데모네 계곡 출신이 아니야. 롬바르디아 거인이 아니야!"

"발데모네 계곡 이외에도 롬바르디아에 속한 지역들이 있어요. 아이도네는 발데모네 계곡에 있지 않지만, 그래도 롬바르디아 지역이에요."

"아이도네가 롬바르디아 지역이야? 한때 나는 아이도네 고장에서 만든 항아리를 갖고 있었지. 하지만 그분은 아이도네 출신이 아니었어."

"그러면 어디 출신이었어요? 아마 아르메리나 계곡 출신이었을 겁니다……. 바로 그쪽 지역이요……. 아르메리나 계곡에도 롬바르디아 지역이 있지요."

"그분은 피아차아르메리나 출신이었다. 피아차아르메리나에서 태어나서 나중에 이곳으로 왔지. 피아차아르메리나가 롬바르디아 지역이냐?"

잠시 동안 나는 말없이 있었다. 나는 생각했다. 그리고 말했다. "아니에요, 피아차아르메리나가 롬바르디아 지역이라고 생각하지는 않아요."

그러자 어머니는 의기양양했다. "봐라, 롬바르디아 거인이 아니었잖아?"

"하지만 내 생각으로는 분명히 그랬어요!" 나는 소리쳤다. "그렇지 않을 리가 없어요!"

"하지만 롬바르디아 지역 출신이 아니었잖아!"

"지역이 뭐 그리 중요해요? 중국에서 태어났더라도, 내 생각으로는 틀림없이 롬바르디아 거인이었어요……."

그러자 어머니는 웃었다. "넌 정말 고집쟁이로구나! 무엇 때문에 그분이 롬바르디아 거인이었기를 바라니?"

나도 역시 잠시 웃었다. 그리고 말했다. "어머니가 그분에 대해 말하니까 꼭 롬바르디아 거인 같았어요. 아마 외할아버지는 틀림없이 다른 의무들에 대해 생각했을 겁니다……."

나는 이것을 매우 진지하게 말했다. 기차에서 알게 된 롬바르디아 거인에 대한 향수에서, 그와 비슷한 많은 남자들,「맥베스」에서의 아버지와 외할아버지, 그와 비슷한 모습의 남자들에 대한 향수에서 그랬다. "틀림없이 다른 의무들에 대해 생각했을 겁니다."

"다른 의무들?"

"현재의 우리 의무들이 너무나도 낡았다고 말하지 않았나요? 그 의무들이 썩고 죽었다고, 그 의무들을 수행하는 데 만족감이 없다고 말하지 않았어요?"

어머니는 당황했다. "모르겠다. 그런 것 같지 않아."

"다른 의무들이 필요하다고 말하지 않았어요? 일상적인 의무들이 아닌, 새로운 의무들에 대해 말하지 않았어요……? 그렇게 말하지 않았어요?"

"모르겠다, 모르겠어. 나는 그런 말을 들어 본 적이 없어……."

또다시 나는 그곳에 있다는 것, 내 어머니 집에 있다는 것, 여행 중이라는 것, 일상적인 내 생활 속에 있지 않다는 것이 나와 무관하지 않은 것 같았다. 하지만 여전히 롬바르디아 거인에 대한 향수와 함께 나는 물었다. "외할아버지는 스스로 만족하셨나요? 외할아버지는 세상과 당신 자신에 대해 만족해하셨어요?"

어머니는 당황한 표정으로 잠시 나를 바라보았고, 무언가 말을 하려고 했다. 하지만 생각을 바꾸어 이렇게 말했다. "왜 그렇게 생각하지?" 그리고 어머니는 또다시 나를 바라보았고, 나는 대답하지 않았다. 어머니는 한참 동안 나를 바라보더니, 또다시 생각을 바꾸어 이렇게 말했다. "아니야, 그렇지는 않았어."

"아, 그렇지 않았어요?"

"그래, 세상에 대해 만족하시지는 않았어."

"그러면 당신 자신에 대해서는요? 세상에 대해 만족하시지 않았다면, 당신 자신에 대해서는 만족하셨나요?"

"그래, 당신 자신에 대해서는 그랬던 것 같아······."

"다른 의무들에 대해 생각하시지는 않았나요? 그랬어요?"

"왜 그래야 했겠니? 그분은 기마행렬에서 말을 타고 스스로 왕이라고 느꼈지······. 그리고 우리, 멋진 딸자식 셋을 가졌어! 왜 그래야만 했겠니?"

"좋아요. 정말로 그랬는지 아닌지, 아마 어머니가 잘 모르는 것 같군요······."

18장

 그러자 어머니는 접시들을 치우기 시작했다. 수돗물이 없었고, 어머니는 접시들을 뜨거운 물이 담긴 넓적한 항아리에서 씻었다. 그리고 접시를 씻으면서 곧바로 휘파람을 불기 시작했다.

 "나를 도와주겠니?" 뜨거운 물에서 첫 번째 접시를 꺼내면서 어머니가 말했다. 나는 일어나서 어머니를 도울 준비를 했다. 어머니는 약간의 재로 접시를 문질렀고, 그것을 나에게 건네주면서 차가운 물이 담긴 양동이를 가리켰다. 어머니는 내가 그 양동이에서 접시를 헹구기 원했고, 나는 접시를 헹구었다. 우리는 그렇게 다른 접시들과 식기들을 씻었고, 어머니는 휘파람을 불고 노래를 불렀으며, 나는 어머니를 바라보았다.

 그것은 말이 노래였지, 낮은 목소리로, 노랫말도 없이 옛날 가락들을 읊조리는 것이었다. 절반은 흥얼거렸고, 절반은 휘파람을 불었으며, 이따금 웅얼거렸다. 어머니는 쉰에 가까운 광대 여인이었다. 아직은 늙지 않은 얼굴, 세월에 의해 메말랐지만 늙지 않은, 오히려 젊은 얼굴, 금발에 가까운 밤색 머리에다, 어깨에는 빨간 모포를 두르고, 발에는 아버지의 커다란 신발을 신은 광대 여인이었다. 나는 어머니의 손을 보았다. 손은 커다랗고, 거칠고, 울퉁불퉁하고, 얼굴과는 완전히 달랐다. 어떤 면에서 얼굴은 시녀의 얼굴이었지만, 손은 나무를 자르거나 땅을 파는 남자들의 손과 같았기 때문이다. '이 우리의 여자들!' 나는 생각했다. 내가 말하는 것은, 단지 시칠리아 여자들뿐만 아니라, 밤을 위해 부드러운 손을 갖지 못한 일반적인 여자들이었다. 바로 그것 때문에, 시녀의 얼굴과 마음씨를 가졌지만, 시녀의 손을 갖지 못하고, 자신과 연결된 남자들을 손으로 붙잡을 수 없는 것 때문에, 아마 때로는 불행하고, 때로는 그것 때문에 야생적이고 질투하는 여자들이었다. 나는 아버지와 나, 모든 남자들, 우리 몸에 닿는 부드러운 손을 원하는 모든 남자들을 생각했다. 그리고 여자들에 대한 우리의 불안을 어느 정도 이해할 수 있을 것 같았다. 어떻게 우리는, 거칠고 재빠른 손, 거의 남성적이고 밤에는 딱딱한 손을 지닌 우리 여자들을 떠날 준비가 되었는지, 또 어떻게 기회만 있으면 어떤 다른 여자나 시녀를 여왕이라 부르는 노예가 되는지 이해할 수 있을 것 같았다. 나는 생각했다. 그렇기 때문에 호화로운 사람들의 관념, 모든 시민적, 군사적 사회의 관념을 사랑하고, 계급들, 왕조들, 군주들, 동화 속의 왕들까지 사랑하는 것이라고. 손을 부드럽게 간직하는 여자에 대한 관념 때문에. 그런 여자들이 있다는 것을 알기 위해서는, 그녀들의 존재를 아는 것으로 충분했다. 또 말을 탄 우리의 모습들과, 계급장들과 내시(內侍)들 너머로 그녀들을 보는 것으로 충분했다. 나는 생각했다. 그렇기 때문에 모든 축제들과 거대한 후궁(後宮), 그들도 남자인 내시들, 나팔들, 계급장들을 사랑한다고. 또한 나와 나의 아버지, 모든 남자들은 게임을 하고 있으며, 우리에게 어울리는 여자들과 아가씨들에게서 시선을 옮겨 다른 여자들을 찾는 것이라고. 우리 몸 위의 부드러운 손의 접촉을 찾는다는 것을 전혀 깨닫지 못한 채, 다른 여자들에게서 다른 것을 찾는 것이라고. 나는 그렇게 생각했다. 그리고 우리 겁쟁이들을 생각했다. 어머니의 형태 없는 손을 바라보면서, 또 낡은 남자 신발 안에 들어 있는, 역시 형태 잃은 발을 생각하면서. 그리고 명확히 지적할 수 없지만, 그것들을 그녀 안에 있는 다른 성격의 부분들로서 무시해야 한다고 생각했다. 하지만 어머니는 노래를 불렀다. 어머니는 흥얼거리고, 휘파람을 불고, 이따금 웅얼거리는, 노래하는 새였다. 어머니의 손과 발은 중요하지 않았다. 어머니의 나이도 중요하지 않았다. 단지 노래한다는 것, 새라는 것, 허공의 어머니 새라는 것, 그리고 자신의 알 속에서 빛을 준다는 것만이 중요했다. "좋아요. 어머니는 혼자 있을 때, 그렇게 시간을 보내는 모양이군요."

"그렇게?"

"네. 노래하면서요."

어머니는 어깨를 움찔했다. 노래하고 있었다는 것을 몰랐다는 표정이었다. 그래서 내가 덧붙였다. "혼자 있어도 상관없어요?"

그러자 어머니는 당황할 때 그러하듯 비스듬한 눈길로 나를 바라보았다. 그러고는 이마를 찌푸리며 말했다. "만약 네 아버지가 없다는 부족감을 느낀다고 생각한다면, 네가 잘못 생각한 거다…… 너는 왜 그런 생각을 하니?"

"왜냐고요? 어머니에게 좋은 동반자가 아니었어요? 집안일을 하는 것도 도와주었던 것 같은데요."

"그렇다고 해서 내가 그 사람 없다고 외로움을 느껴야만 하는 것은 아니지……"

"하지만 친절한 분이었어요!"

"오호! 집안에 친절한 사람이 있을 필요는 없어! 친절한 사람이었던 것이 내 불행이었지……"

"조금 더 정확히 설명해 주세요."

"봐라, 네 외할아버지는 친절하지 않았다……. 여자들을 여왕이라 부르지도 않았고, 여자들한테 시를 쓰지도 않았어……"

"여자들을 좋아하지 않으셨던 모양이지요."

"여자들을 좋아하지 않았다고? 네 아버지보다 열 배나 더 좋아했을 거다……. 하지만 여왕이라고 부를 필요가 없었어. 어떤 여자가 마음에 들면, 계곡으로 데리고 갔지. 지금도 그분을 기억하는 여자들이 이 마을에 많이 있지. 또 피아차아르메리나에도 많아……"

"지금 외할아버지에 대해 불평하시는 거예요? 내 생각에, 어머니 성격에는, 만약 어머니가 외할아버지 같은 사람의 아내였다면, 더 나빴을 겁니다."

"더 나쁘다고?" 어머니는 소리를 질렀다. "어떻게 더 나쁘지?"

"그래요. 외할아버지는 여자들을 계곡으로 데리고 갔고, 아버지는 여자들에게 시를 썼어요. 내 생각으로는 계곡으로 데리고 가는 것이 시보다 어머니에겐 더 힘들었을 겁니다……."

"천만에! 네 아버지에게 가장 나쁜 것은 시였어……. 단지 계곡으로 데려가기만 했다면, 나는 괜찮았을 거야."

"뭐라고요? 계곡으로 데려가고, 그다음에 그녀들에게 시를 썼단 말이에요?"

"물론……. 그리고 그 여자들을 여왕이라 부르고 여왕처럼 다루었지. 친절한 남자였어. 만약 어떤 여자가, 가령 마농이라는 우아한 이름을 갖고 있으면, 그 사람은 미치는 것 같았어. 그 나이에 우스꽝스러운 일이었지."

"누가 마농이라는 이름을 갖고 있었어요?"

"서커스의 말 타는 여자였어. 그 여자 때문에 나는 그 사람을 내쫓았지……. 마농이라는 이름을 가졌기 때문이었어. 언제나 여자들을 여왕처럼 다루었지. 친절한 남자였어."

나는 대꾸를 하지 않았고, 잠시 침묵이 흘렀다. 어머니는 기다리는 것 같았고, 그래서 나는 말했다. "친절한 남자였군요."

"그게 나빴어. 단지 계곡으로 데려가기만 했다면, 나는 괜찮았을 거야……. 그런데 그 사람은 돌아와서 나에게 말했지. '여보, 만약 당신이 소녀라면, 마농이라는 이름을 가질 수 있을 텐데.' 하고 말이야."

"그게 나빴어요?"

"나쁜 것은 그 여자들을, 더러운 암소들이 아니라, 여왕처럼 다룬 것이었어. 그리고 그 여자들이 마치 무엇이나 된 것처럼 느끼게 만들었어. 그게 나쁜 것이었지. 나는 그 여자들을 위에서 내려다볼 수 없었어."

"아하! 어머니는 그녀들을 위에서 내려다볼 수 없었군요?"

내가 말했다. 그러면서 나는 생각했다. 광대 여인!

그러자 어머니가 말했다. "네 아버진 그 여자들이 무엇이나 된 것처럼 느끼게 만들었고, 또 그 여자들은 무엇이나 된 것처럼 나를 바라보았어…… 철도원 여편네들, 농부 여자들이 우리 집으로 왔는데, 뻔뻔스럽고 태평했지. 눈을 내리깔지도 않고, 무엇이나 된 것처럼 나를 바라보았어. 나는 그 여자들을 위에서 내려다볼 수 없었단 말이야!"

광대 여인! 나는 생각했다.

그러자 어머니가 말했다. "그게 나빴어. 그 여자들이 나보다 훨씬 나은 무엇이나 된 것처럼 느끼게 만들었고, 또 그 여자들은 나보다 훨씬 나은 무엇인 것처럼 나를 바라보았단 말이야! 그 사람이 여왕이라고 불렀기 때문이야! 그 여자들이 더러운 암소라고 생각하게 하지 않았어. 나는 그 여자들을 위에서 내려다볼 수 없었어."

그렇게 어머니는 말했고, 나는 생각했다. 광대 여인! 광대 여인! 그리고 속으로는 거의 웃을 지경이었다. 나는 우리 남자들, 아마도 겁쟁이들인 나의 아버지, 나 자신이 어떤지 알고 있었다. 아마 겁쟁이들이지만, 결국 여자들에 대한 우리의 열정에 있어서, 또 무엇이나 된 것처럼 느끼도록 만드는 데 있어서는 정당한 남자들. 속으로 나는 거의 웃을 지경이었다.

19장

이제 어머니는 손에 빗자루를 들었고 주위를 쓸었다. 수많은 풍부함을 지닌 어머니이자 여자, 나는 속으로 거의 웃으면서 생각했다. 어머니 역시 자신이 더러운 암소라고 불렀던 그런 여자들 중 하나가 될 수 있었을 것이라고, 손이 거친데도 다른 남자들에게는 감춰진 여왕, 여왕벌, 그리고 열정의 어머니가 될 수 있었을 것이라고.

왜 그렇게 하지 않았을까? 나는 생각했다.

어머니는 단지 아내가 되고, 자기 남편의 다른 여자들에 대한 열정 뒤에서 소진되는, 천박하고 불쌍한 마녀가 되기에는 너무 많은 풍부함을 내부에 지니고 있었다. 너무나도 많은 옛날의 달콤한 꿈을 내부에 갖고 있었다. 그렇게 키가 크고, 금발에 가까운 머리, 어깨 위의 빨간 모포와 함께, 지금 그 좁은 부엌 안에서 움직이면서, 너무나도 많은 옛날의 달콤한 꿀을 내부에 갖고 있었다. 어머니는 불쌍한 마녀가 될 수 없었다.

나는 속으로 거의 웃으면서 말했다.

"어머니는 광대예요! 그 여자들이 스스로 암소들이라고 느끼기를 원했어요?"

"그러기를 원했지. 나는 그 모든 일을 웃어넘기고 싶었어……."

"어머니는 광대예요! 그 일을 웃어넘겼을 것이라고요?"

"물론이지. 나한테 전혀 중요하지 않을 수도 있었어! 웃어넘겼을 거야! 그런데 그 사람은 그 여자들을 암소처럼 다루지 않았어……."

"왜 암소처럼 다루어야 했지요? 그 여자들도 어머니처럼 남편이 있고, 어머니처럼 자식들도 있었을 텐데……."

"좋아! 아무도 암소처럼 다루라고 강요하지 않아."

"그녀들이 하는 것이 그렇게 더러웠어요? 어머니가 아버지와 함께 했던 것과 똑같은 것을 하지 않았어요? 아니면 뭔가 다른 것을 했어요?"

"뭔가 다른 것?" 어머니는 소리쳤다.

그러고는 잠시 동안 빗자루를 멈추었다.

"뭔가 다른 것이라니? 물론 똑같은 짓을 했지. 그 이상 다른 무엇을 했겠니?"

"그렇다면요? 그 여자들도 어머니처럼 남편이 있었고, 어머니처럼 자식들이 있었어요. 그리고 어머니가 아버지와 함께 했던 것 이상으로 더러운 것을 하지 않았어요……. 무엇 때문에 더러운 암소들처럼 다루어야 한단 말이에요?"

"하지만 그 사람은 그 여자들의 남편이 아니었어. 내 남편이었단 말이야……."

"그것이 차이점인가요?" 내가 말했다. 그리고 속으로 웃었다. 나는 어머니가 부엌 한가운데서 빗자루를 손에 든 채 쓸지도 않고, 꼼짝하지 않고 있는 것을 보았다. 그리고 속으로 웃었다. "나는 어머니의 생각을 이해할 수 없어요."

그리고 속으로 웃으면서 나는 타격을 감행하기로 결심했다.

"나는 어머니의 생각을 이해할 수 없어요." 나는 또다시 말했다. "어머니는 다른 남자들과 그 일을 할 때 더러운 암소였어요?"

어머니는 얼굴을 붉히지 않았다. 눈은 이글거렸고, 입은 굳게 닫혔다. 어머니는 키가 더욱 커다래졌고 완전히 굳었으며, 옛날의 달콤한 꿀 속에서 동요되었지만, 얼굴을 붉히지는 않았다.

그리고 나는 속으로 웃으면서 말했다. "어머니도 역시 계곡에 갔을 것이라고 생각하기 때문이지요……." 나는 어머니를 옛날의 달콤한 꿀 속에 동요시킨 것에 만족했고, 속으로 웃었다. 나는 말이 많아졌다.

"어머니는 언제나 부엌에만 있지는 않았겠지요. 누군가와 함께 계곡에 갔을 겁니다."

"오!" 어머니는 부엌 한가운데에서 돌처럼 굳어 있었고, 옛날의 달콤한 꿀 속에서 동요되었지만, 얼굴을 붉히지 않았고 부끄러워하지도 않았다. "오!" 어머니는 위에서 나를 내려다보면서 말했다.

그 말을 하는 어머니는 나의 어머니 이상(以上)이었다. 어머니 새, 어머니 벌이었다. 하지만 어머니에게 옛날의 달콤한 꿀은 너무나도 오래되었고, 내부에서 교활하게 진정되어 있었다.

그리고 나는 무엇보다도 거의 서른이 다 된, 스물아홉 살 아들이었고, 어머니에게 있어 15년 전부터 나의 절반은 이질적인 아들, 나의 절반은 다른 평범한 남자였다. 그래서 어머니는 다시 쓸기 시작하면서 말했다. "그래, 내가 다른 남자들과 한두 번 함께 있었다면, 그 사람에게는 정당한 일이었을 거야!"

나는 속으로 웃으면서 생각했다. '아, 늙은 암소!'

그리고 나는 말했다. "물론 정당한 일이었겠지요!"

그런 다음 물었다.

"여러 번 그랬어요? 여러 남자들과 함께?"

"오!" 어머니는 소리쳤다. "내가 그 여자들 때문에, 남자들과 그랬을 거라고 생각하는 것이냐?"

"천만에요! 나는 한 남자, 아니면 두 남자와 그랬는지 알고 싶었을 뿐이에요……."

"하나였어! 하나였다고! 왜냐하면 다른 한 번은 실수였고 중요하지 않으니까."

"실수였다고요? 어떻게 실수죠?"

"우리가 메시나에 있을 때, 어느 동료와의 일이었어. 지진*이 있었던 다음에…… 간단히 말해 혼란스러운 일이었어. 나는 아주 젊었고, 더 이상 아무 일도 없었어."

"그럴 수가! 그러면 다른 사람하고는요?"

"오! 다른 사람하고는 우연이었어!"

"그 사람도 역시 아는 동료였어요?"

---

* 1908년 메시나에서 일어난 지진으로 도시 대부분이 파괴되었고 주민 절반 이상이 사망했다.

"아니야. 내가 모르는 사람이었어."

"어머니가 모르는 사람이었어요?" 나는 소리쳤다.

"그게 뭐 놀랄 일이냐? 일이 어떻게 되었는지 너는 모른다."

"어머니를 강간한 모양이군요!"

"강간했다고?"

나는 어머니가 그 말을 하는 어조를 듣고 속으로 웃었다. 그리고 나는 바로 그곳, 그 부엌에서 또 시칠리아에서 어머니를 바라보는 것이 아니라, 지상의 다른 곳에서 바라보는 것처럼 물었다. "그런데 어디서였어요? 철도원 관사들에서 그랬어요?"

20장

"아쿠아비바에서였다."

이제 나는 지상의 다른 곳에서 어머니의 말을 듣고 있었다. 그리고 공간 속에서 무한히 멀리 떨어진 아쿠아비바를, 산어귀의 적막함을 생각했다. 나는 말했다. "하지만 아쿠아비바에서 우리는 모두 컸어요. 전쟁*이 끝난 뒤였지요."

"그래서? 내가 다 큰 너희들에게 허락이라도 얻었어야 했다는 말이냐? 너는 열한 살이었다. 너희들은 학교에 가고, 놀러 나가곤 했지……."

아쿠아비바, 산카탈도, 세라디팔코, 그 적막함 속에서는 그랬다. 아이들은 화물열차를 타고 학교에 가거나, 아니면 그 거친 들판의 틈 사이로 놀러 가곤 했다. 남자들은 삽을 들고 일하러 갔고, 여자들은 빨래를 하거나 다른 일을 했고, 각자 적

---

* 1차 세계대전을 가리킨다.

막한 하늘 아래에서 자신의 일에 몰두했다.

공간 속에서 그토록 멀리 떨어진 그곳은 찬란했고, 어머니는 무시무시한 여름이었다고 말했다. 무시무시한 여름이란 사방 100킬로미터의 모든 개울에 물 한 줄기 없고, 태양이 떠오르는 곳에서 태양이 지는 곳까지, 단지 말라비틀어진 그루터기들만 눈앞에 펼쳐진다는 것을 의미했다. 철도를 따라 적막함으로 땅바닥에 짓눌린 철도원 관사들을 제외하면 사방 20킬로미터, 30킬로미터에 집이라곤 없었다. 그리고 무시무시한 여름이란 그 모든 사방 천지에 그림자 하나 없는 것을 의미했고, 태양에 의해 폭발한 매미들, 태양에 의해 텅 빈 달팽이들, 세상의 모든 것이 태양으로 변한 것을 의미했다. "엄청난 여름이었어." 어머니는 말했다.

어머니는 비질을 마쳤고, 여러 가지 물건들을 제자리에 정돈하면서 부엌을 돌아다녔다. 어머니는 이야기를 하지 않았고, 단지 내 질문에 대답만 했다. "오전이었어요, 오후였어요?"

"오후였던 것 같구나. 말벌들도 없고, 파리도 없고, 아무것도 없었어…… 분명 오후였을 거야."

"어머니는 무엇을 하고 있었어요?"

"나는 빵을 만들었지……"

그러니까 이랬다. 태양에 말라 죽은 뱀의 냄새가 사방 수십 킬로미터에 퍼져 있었는데, 갑자기 어느 집 주위에 화덕에서 갓 구워 낸 빵 냄새가 났다. "나는 빵을 만들었어." 어머니가 말했다.

"그리고요?"

"빨래를 했지. 물통이 밖에, 웅덩이 옆에 있었지. 물통 쪽으로 그림자가 졌으니까, 분명 오후였을 거야……. 나는 언제나 오후에 빨래를 하곤 했지."

그러니까 그건 오후였다. 집 주위에 화덕에서 갓 구워 낸 빵 냄새가 퍼졌고, 바로 그곳에 웅덩이가 있었고, 기차의 물탱크로 가져온 물이 있었고, 어느 여인이 빨래를 하고 있었다. 하지만 어머니는 이야기를 하지 않았고 내 질문에만 대답했다. 그래서 나는 물었다. "그러면 그 사람은?"

"지나가는 사람이었어." 어머니가 말했다.

"지나가는 사람이요?" 나는 소리쳤다.

"그래, 걸어서 여행하는 사람이었지."

"그 모든 곳을 말이에요? 물 한 줄기 없고…… 마을도 없는 곳을……?"

"그래. 갈아입을 것이 담긴 조그마한 배낭을 메고, 계급장 없는 군복을 입고, 머리에는 낡은 농부 모자를 쓰고 있었지. 신발은 벗어서 함께 묶어 어깨 위에 걸치고 있었어……."

"멀리서 왔어요?" 내가 물었다.

"그런 것 같아……. 피에트라페르치아, 마차리노, 부테라, 테라노바, 그리고 다른 여러 곳을 거쳐왔다고 나에게 말하더구나. 하지만 전쟁이 끝난 곳에서 곧바로 오는 것 같았어. 계급장은 없었지만, 아직도 군복을 입고 있었어."

"줄곧 걸어서요? 테라노바, 부테라, 마차리노, 피에트라페르치아, 그 모든 곳을 말이에요……?"

"그래, 걸어서……. 그날은 마을이나 사람을 하나도 만나지 못한 지 이틀째 되는 날이었어."

"이틀 동안 먹지도 못했어요? 이틀 동안 마시지도 못했어요?"

"그 이상이었지……. 마지막으로 지나간 곳이 어느 농장이었어. 그런데 농장에는 개들이 지나가는 사람이 접근하도록 놔두지 않아. 그렇게 나에게 이야기하더구나. 그러면서 물을 한 동이나 마셨어."

어머니는 말을 멈추었다. 마치 더 이상 말할 것이 없는 것처럼. 그래서 내가 물었다. "단지 물만 원했어요?"

"가능하다면, 다른 것도 역시 원했지. 사실 요구하지는 않았어. 하지만 나는 화덕에서 꺼낸 지 한 시간도 되지 않은 빵을 한 덩어리 줬지. 빵에다 기름, 소금, 향료를 쳐서 줬어. 그 사람은 빵 냄새를 들이마시더니, '하느님, 축복받으소서!' 하고 말하더구나."

또다시 어머니는 멈추었다. 어머니는 이야기를 하지 않았고, 내 질문에만 대답했으며, 나는 지금 기억나지 않지만, 무엇인가 질문을 했다. 그러자 어머니는 그 남자가 "하느님, 축복받으소서!"라고 말하고 빵을 먹는 동안 어머니를 바라보았다고 말했다. 그리고 나는 또다시 지금 기억나지 않지만, 무엇인가 질문했고, 어머니는 말했다. 그 남자는 다른 것에도 역시 굶주리고 목말라 있었으며, 요구하지는 않았지만 "하느님, 축복받으소서!"라고 말하면서, 가능하다면 그 다른 것도 역시 원하고 있음을 깨달았다고. 나는 지금 기억나지 않지만, 무엇인가 또다시 질문했고, 어머니는 말했다. 그 남자가 어떤 것에도 굶주리고 목마르지 않기를 원했으며, 그를 진정시키고 싶었다고, 착하고 불쌍한 사람처럼 보였기 때문에, 다른 것에 대한 굶주림과 목마름에 있어서도 그를 진정시키고 싶었다고 말했다. 그리고 나는 생각했다. '암소여, 축복받으소서!' 나는 말했다. "하지만 간단히 말해, 그것도 지나가는 일이었잖아요!"

"아니야. 그 사람은 다른 날 오후에 다시 왔어."

"그렇다면 그 근처 사람이었어요? 지나가는 여행자가 아니었어요?"

"지나가는 여행자였어. 팔레르모에 가는 길이었고, 시칠리아 전체를 가로질렀지."

"팔레르모로 가는 길이었어요? 그럼 팔레르모로 갔어요?"

"가는 길이었지. 하지만 가지 않았어. 비보나까지 가서, 그곳에 있는 유황 광산에서 일자리를 찾았고, 그곳에 머물렀어."

"비보나에서? 하지만 비보나는 아쿠아비바에서 멀어요……."

"산 너머에 있지. 한 50킬로미터 되지……. 아쿠아비바에서는 모든 마을들이 서로 50킬로미터 정도 떨어져 있으니까."

"아니에요. 카스텔테르미니는 채 50킬로미터가 되지 않아요. 왜 카스텔테르미니에 머무르지 않았어요?"

"아마 카스텔테르미니에는 일자리가 없었겠지. 아니면 아마 팔레르모까지 계속 가려고 하다가, 비보나에 도착해서 생각을 바꾸었던 모양이지."

"그러면 어머니를 만나기 위해 50킬로미터를 걸어왔어요?"

"오는 데 50킬로미터, 가는 데 50킬로미터였지. 그는 여행자였어……. 그날 오후부터 이레째 되는 날 다시 나타났어."

"여러 번 다시 나타났나요?"

"여러 번이었지. 나한테 조그마한 선물들을 가져오곤 했어. 한번은 싱싱한 꿀이 든 벌집을 가져왔는데, 온 집 안에 그 향기가 났지……."

"오!" 나는 소리쳤다. 그리고 말했다. "그런데 왜 더 이상 다시 나타나지 않았어요?"

"그래." 어머니가 말했다. 어머니는 계속 말하려는 듯하더니, 나를 바라보았고 내게 물었다. "그 사람이 롬바르디아 거인이었는지 질문하지 않니?"

"오!" 나는 소리쳤다. "왜요? 그게 무슨 상관이 있어요?"

"아마 그랬던 것 같구나. 그 사람은 다른 의무들을 생각하는 것 같았어. 다른 의무들을 생각하는 사람이 롬바르디아 거인이라고 하지 않았니?"

"그가 다른 의무들을 생각했어요? 그가? 여행자가?" 나는 소리쳤다.

"그래. 겨울 무렵에 유황 광산에 파업이 있었지. 농부들까지 반란을 일으켰고, 왕립 수비대원들*을 가득 실은 기차들이 지나갔지……."

이제 어머니는 이야기를 했다. 내가 질문할 필요가 없었다. "철도원들은 파업을 하지 않았어. 왕립 수비대원들을 가득 실은 기차들이 지나갔어. 비보나에서 백 명 이상이 죽었어. 왕립 수비대원들이 아니라, 그들이 죽었지."

"어머니는 그 사람이 죽은 사람들 중에 있었을 것이라고 생각해요?"

"그렇게 생각한다. 그렇지 않다면 무엇 때문에 다시 나타나

---

* 1차 세계대전 후 노동자, 농민의 파업을 저지하기 위해 1919년 특수 경찰 부대로 설립되었고, 1922년 무솔리니에 의해 해체되었다.

지 않았겠니?"

"아하!" 나는 어머니를 바라보았다. 부엌에는 더 이상 할 일이 없었고, 어머니는 침착하고 평온한 모습이었다. 나는 어머니가 손으로 바지의 주름을 펴는 것을 보았고, 또다시 생각했다. '암소여, 축복받으소서!'

3부

21장

오후의 밖에서 탄식 어린 긴 소리가 들려왔다. 그 소리는 꺼지지 않고 위로 올라왔으며, 음악이 되었다. 피리 소리였다.

"이제 아흐레간의 기도 기간이 시작되는구나." 어머니가 말했다. 그리고 이렇게 덧붙였다. "나는 순회를 하러 가야 한다." 그러고는 의자에 앉아 신발을 바꾸어 신었다. 남자 신발을 벗고, 식탁 밑에 있던 여자용 짧은 장화를 신었다.

"순회? 무슨 순회요?"

"너를 데리고 가마."

어머니는 발에 장화를 신고 일어섰다. 더욱 크고 풍성해 보였다. 그러고는 외출용 옷으로 갈아입기 위해 방으로 들어갔고, 방에서 피리들의 음악과 함께 나에게 말했다. 주사를 놓아 주기 시작했다고 말했다. 아버지에게서 아무것도 기대할 수 없을 것이라고 생각했으며, 그래서 그렇게 주사를 놓아 줌으로써 먹을 것을 벌기 시작했다고 말했다.

어머니는 검은 외투를 입고, 마치 산파(産婆)처럼 팔에 커다란 가방을 낀 채 차가운 햇살 속으로 나를 데리고 나갔다. 그렇게 시칠리아로의 여행은 새로운 전환점을 맞이했다.

22장

우리는 집 뒤를 돌아 내리막길로 접어들었다. 그러고는 채소밭의 돌담들 사이를 지나 어느 문 앞에 이르렀고, 문을 두드렸다. 문이 열렸다.

안은 어두웠고, 나는 문을 열어 준 사람을 보지 못했다. 집에는 창문이 없었다. 단지 문 위에 거무스레한 유리를 끼운 작은 들창이 하나 있을 뿐이었다. 나는 아무것도 볼 수 없었고, 어머니도 더 이상 보이지 않았다.

그러나 나는 어머니가 말하는 소리를 들었다.

"내 아들을 데리고 왔어요."

그러고는 물었다. "남편은 어때요?"

"여전해요, 콘체치오네." 어느 여자 목소리가 대답했다.

그리고 소리쳤다. "정말 커다란 아들이군요!"

그리고 구석에서 어느 남자 목소리가 말했다.

"나 여기 침대에 있어요, 콘체치오네."

그 목소리는 지하에서 들려오는 것 같았고, 다시 말했다. "저 사람이 당신 아들이오?"

"실베스트로지요."

그 세 목소리들은 나에게서 멀리 떨어진 곳에서 말했으며, 보이지 않는 창조물들이었다. 그 목소리들은 나에 대해서도 말했다.

"당신처럼 커다란 아들을 뒀군요!" 여자 목소리가 말했다.

그들은 나를 보았지만, 나에게는 보이지 않았다. 마치 유령들 같았다. 마치 유령처럼 어머니는 주사를 놓았다. 에테르와 주삿바늘에 대해 말하면서, 어둠 속에서 완벽하게 주사를 놓았다.

"당신은 먹어야 해요. 많이 먹을수록 빨리 나을 겁니다. 오늘은 무엇을 먹었어요?"

"양파 하나 먹었어요." 남자 목소리가 대답했다.

"좋은 양파였어요." 여자 목소리가 말했다. "양파를 잿불에다 구워서 줬지요."

"좋아요. 계란도 하나 줘야 해요." 어머니가 말했다.

"일요일에 줬어요." 여자 목소리가 말했다.

그러자 어머니가 말했다. "좋아요."

어머니는 어둠 구석에서 나에게 소리쳤다. "이제 가자, 실베스트로."

나는 내 앞에 있는 염소의 따뜻한 털을 쓰다듬고 있었다. 나는 불퉁불퉁한 맨땅에서 몇 걸음 앞으로 나갔고, 손을 더듬으면서 그 따뜻한 털을 만지게 되었다. 나는 차가운 어둠 속에서, 그 살아 있는 털에 손을 따뜻하게 하며 그대로 있었다.

"이제 가자." 어머니가 다시 말했다.

하지만 구석에서 남자 목소리가 어머니를 잠시 붙잡았다.

"몇 번이나 주사를 더 맞아야 하지요?"

"많이 맞을수록 빨리 나을 겁니다." 어머니가 대답했다.

"그런데 다섯 개가 남았어요." 남자 목소리가 말했다.

그러자 아내의 목소리가 말했다. "그 다섯 개로 나을 수 있을까요?"

"불가능한 것은 없지요." 어머니가 대답했다.

그러자 문이 열렸다. 그리고 팔에 산파용 가방을 낀 채, 문지방에 선 어머니가 다시 보이게 되었다.

우리는 밖으로 나갔고, 채소밭 돌담들 사이로 어머니의 다음 순회 집을 향해 다시 걸었다. 우리는 첫 번째 집 아래로 내려가는 길로 접어들었다. 맞은편에는 계곡의 공간을 넘어, 눈 덮인 험준한 산이 있었다. 그리고 한편으로는 채소밭 속에서 머나먼 산과 하늘을 향해 솟아오른 조그마한 집들이 있었고, 다른 한편으로는 눈부시지만 힘없는 햇살을 받으며, 채소밭과 초라한 집들 아래의 암벽 속에 파 놓은 주거지의 입구들이 있었다. 채소밭들은 아주 작았으며, 위쪽으로는 지붕과 지붕 사이에서 마치 채소가 담긴 그릇들처럼 보였다. 그리고 길거리에는 느릿느릿한 염소들이 햇살을 받고 있었다. 차가운 대기 속에 염소들의 딸랑거리는 방울 소리와 함께 피리 소리가 담겨 있었다. 그것은 조그마한 시칠리아, 서양 모과나무와 기왓장들, 암벽 속의 구멍들, 검은 땅, 염소들이 층층이 쌓인 조그마한 시칠리아였다. 피리 소리는 우리 뒤에서 멀어졌으며, 높은 곳에서 구름 또는 눈이 되었다.

나는 어머니에게 물었다.

"저 사람은 무슨 병이 있어요?"

"다른 사람들과 똑같지." 어머니가 대답했다. "어떤 사람은 말라리아가 약간 있고, 어떤 사람은 결핵이 약간 있지."

23장

우리는 1~2분밖에 걷지 않았고, 어머니는 다른 문을 두드렸다. 그리고 또다시 나는 어둠 속에 있게 되었다. 울퉁불퉁한 맨땅 위에, 버려진 웅덩이의 냄새 속에.

"내 아들을 데리고 왔어요." 어머니는 또다시 말했다.

그리고 또다시 나는 내가 보지 못하는 사람들이 나에 대해 말하는 것을 들었다. 목소리들 사이에서 나는 어린아이의 조그마한 목소리도 구별할 수 있었다.

어머니가 말했다. "주사약은 있어요?"

"있어요." 남자의 목소리가 대답했다.

다른 목소리들이 동시에 말했다.

"불을 켜, 테레사."

"짚을 가져 와."

그리고 남자 목소리는 어린아이의 목소리와 함께 말했다. 한 살이나 두 살짜리 아들을 팔에 안고 있는 남자의 목소리였다. 어머니는 주사에 관한 다른 것들을 말했고, 남자는 대답을 했고, 소음을 냈고, 팔에 안긴 어린아이의 조그맣고 날카로운 목소리와 함께 서랍을 열었다.

그런 다음 웅덩이의 깊은 어둠 속에서 성냥불이 빛났고, 나는 어머니의 손을 볼 수 있었다. 그리고 손 위의 그 성냥불이 꺼지자, 나는 어머니의 목소리가 묻는 것을 들었다.

"어때요?"

어머니는 두세 번 물었다. "어때요?"

또 물었다. "그래, 어때요?"

남자의 목소리가 커다란 소리로 물었다.

"콘체치오네가 어떠냐고 묻잖아."

"에?" 그것이 대답이었다.

그러자 어머니가 물었다.

"먹을 것으로 무엇을 주었지요?"

"오늘 저녁에 치커리를 줄 거예요." 남자의 목소리가 대답했다.

그런 다음 얼마나 더 많은 주사를 맞아야 할지 질문했다. 그리고 우리는 그 영혼들을 떠났으며, 어머니는 남자 대신 여자가 병이 드는 것이 더 다행이라고 말했다. 왜냐하면 여자는 병이 들어도 상관없지만, 남자가 병이 들면 끝장이니까…….

"왜 끝장이지요?"

"겨울이고 여름이고, 더 이상 먹지 못하지."

그리고 어머니는, 남자가 병들면 대부분의 여자들은 어떻게 해야 할지 모른다고 말했다. 계곡에 가서 치커리를 캘 줄도 모르고, 황무지에 가서 달팽이를 찾을 줄도 모르고, 남자와 함께 잠자리에 드는 것 외에는 아무것도 할 줄 모른다고 말했다.

24장

피리 소리는 마을의 꼭대기에서, 완벽하게 구름 또는 눈이 되어 멀어졌고, 이제 계곡의 바닥으로부터 개울의 물소리가 올라왔다.

우리는 질식할 듯한 어둠 속으로 들어갔다. 어둠과 연기였다. 그런데도 보이지 않는 사람들의 목소리들은 다른 집에서처럼 평온하게 이야기했다. 어머니의 목소리도 역시 연기에 동요되지 않고 평온하게 말했다.

"내 아들을 데리고 왔어요."

어머니는 다른 집에서와 똑같은 말을 했다. 나에 대해 말했고, 그런 다음 주사약과 주삿바늘에 대해 말했다. 그리고 잠시 동안 성냥불이 어머니의 손 위에서 빛났다. 성냥불이 꺼지자 어머니가 물었다.

"그래, 어때요?"

대답은 "글쎄요!"였다.

그러자 어머니가 물었다.

"먹을 것으로 무엇을 주었어요?"

"이제 먹을 거예요." 대답했다.

"지금 준비하고 있어요." 그렇게도 대답했다.

많은 목소리들이 있었다.

그리고 또다시 우리는 밖으로 나왔다. 어머니는 방금 전과
는 완전히 정반대로 말했다. 여자가, 어머니가 병든 집은 불행
이라고 말했다. 남자가 병드는 것이 더 낫다고 말했다. 남자들
은 겨울에 일을 하지 않고, 아무것에도 쓸모가 없으며, 여자가
병들면 끝장이라고……. 왜냐하면 여자는 언제든지 계곡에 가
서 치커리를 캐거나, 황무지에 가서 달팽이를 찾을 수 있기 때
문이라고 했다. 집을 유지하는 것은 여자, 어머니라고 말했다.

그리고 또다시 우리는 어둠 속으로 들어갔고, 또다시 어머
니는 보이지 않게 되었으며, 보이지 않게 말했다.

어머니는 나에 대해 말했다. "내 아들을 데리고 왔어요."

그런 다음 주사약과 주삿바늘에 대해 말했고, 잠시 동안 손
을 밝혀 주는 성냥불빛 속에서 주사를 놓았다. 그러고는 환자
가 먹었느냐고 물었고, 오늘 저녁이나 내일 무엇인가 먹을 것
이라는 대답을 들었다. 그리고 우리는 밖으로 나왔고, 어머니
는 다시 보였고, 이전과는 정반대로 이야기했다. 남자가 병들
면 끝장이라고…….

우리는 이제 햇살이 전혀 비치지 않는, 완전히 그늘 속에 잠
긴 어두운 길을 더 내려갔다. 염소들의 딸랑거리는 방울 소리,
개울의 물소리, 추위와 함께. 그리고 우리는 또다시 어둠과 웅
덩이 냄새, 어둠과 어둠의 냄새, 또는 어둠과 연기의 장소들로

들어갔으며, 어머니는 먼저 나에 대해 말했고, 그다음에 주사약과 주삿바늘에 대해 말했으며, 먹는 것에 대해 질문을 했다. 그리고 떠나려 할 때면 언제나, 나으려면 얼마나 더 주사를 맞아야 하는지, 다섯 대 또는 일곱 대 또는 열 대 이상을 맞아야 하는지 알고 싶어 하는 걱정스러운 목소리 때문에 약간 지체되곤 했다.

그런 식으로 우리는 조그맣게 짓눌린 시칠리아를 여행했다. 밖에는 서양 모과나무들, 기왓장들, 개울의 물소리가 있고, 안에는 추위와 어둠 속에 영혼들이 있는 시칠리아를. 그리고 어머니는 이상한 창조물처럼, 빛 속에서는 나와 함께 살아 있고, 어둠 속에서는 그 다른 영혼들과 함께 살아 있는 것 같았다. 내가 매번 들어가고 나올 때마다 약간 당황하는 것과는 달리, 어머니는 전혀 당황하지도 않았다.

나올 때마다 어머니는 이전과는 정반대로 이야기했다. 한 번은 말했다, 만약 남자가 병들면 끝장이라고……. 또 한 번은 말했다, 만약 여자가 병들면 끝장이라고…….

또 이렇게도 말했다. "어떤 사람은 약간의 말라리아가 있고, 또 어떤 사람은 약간의 결핵이 있지."

그리고 한 번은 약간의 결핵보다 약간의 말라리아에 걸리는 것이 더 낫다고 말했으며, 또 한 번은 약간의 말라리아보다 약간의 결핵에 걸리는 것이 더 낫다고 말했다. 어머니는 말했다.

"말라리아에는 약을 구하러 엔나까지 갈 필요가 없지."

어머니는 보건소에서 결핵 약을 얻기 위해 엔나까지 가야 하고, 기나긴 여행을 해야 하고, 32리라를 써야 하고, 또 병원에 갇힐 위험까지 무릅써야 하는 것은 불행이라고 이야기했다.

사람들은 처음 엔나에 간 다음에는 더 이상 가려고 하지 않는
다고 말했다. 더 이상 갈 수 없다고 말했다.

"그런데 말라리아에 걸리면 시청에서 약을 주지."

하지만 그다음 번에 어머니는 이렇게 말했다.

"결핵에는 엔나까지 가기만 하면, 원하는 대로 모든 약을 구
할 수 있어."

그러고는 말라리아 약을 구하기 위해 시청에 의존해야 하는
것은 불행이라고 이야기했다. 시청은 가난하고, 약을 많이 갖
고 있지 않으며, 절대로 한 통 이상 주지 않는다고 말했다. 한
통으로 어떻게 나을 수 있겠는가?

"그런데 결핵에 대해서는 엔나의 보건소가 약을 주지." 어머
니는 말했다.

"보건소는 크고, 부자고, 정부의 사업이야." 어머니는 말했다.

그러고는 매번 이전과는 정반대 말을 했다.

25장

이제 개울의 물소리에 아주 가까워진 우리는 불빛이 있는 집으로 들어갔다.

그곳은 암벽에 동굴을 판 집이 아니라, 길 가장자리의 채소밭 안에 돌로 지은 집이었다. 뒤쪽으로 창문이 하나 있었고, 그 창문으로 약간의 빛이 들어오고 있었다.

"안녕하세요, 내 아들을 데리고 왔어요." 어머니는 집으로 들어가면서 말했다.

이제 어머니는 안 보이지 않았고, 나는 사람들을 보았으며, 거기에서 전에는 내가 보지 못한 모든 사람들을 보았다. 나는 침대에 누운 환자를 보았다. 수염이 지저분한 얼굴에 눈을 감고 있는 남자였다. 그리고 나는 침대 발치의 땅바닥에 놓인 양동이 주변에 대여섯 명의 여자들이 수녀들처럼 앉아 있는 것을 보았다.

습관처럼 어머니는 먼저 나에 대해 말했다.

"내 아들을 데리고 왔어요."

나는 어머니가 어떻게 그 말을 하는가 보았고, 그 말에 다른 사람들이 나를 어떻게 바라보는지 보았다.

"정말 커다란 아들을 두었군요." 한 여자가 말했다.

"내 아이들은 모두 큰데, 얘가 제일 커요." 어머니는 말했다. 그러자 여자가 물었다.

"어디에서 왔어요?"

습관처럼 어머니와 여자들은 나에 대해 말했다. 양동이에는 검은 달팽이들이 가득 들어 있었고, 여자들은 달팽이를 한 번에 하나씩 꺼내 빨았다. 나이 든 여자들과 젊은 여자들이었고, 모두 검은 옷을 입고 있었으며, 달팽이를 빨아 먹은 다음에는 껍질을 다시 양동이 안에 던졌다.

"맛있게 드세요!" 어머니가 말했다.

그런 다음 어머니는 주사약과 주삿바늘, 에테르에 대해 말했으며, 가방을 열었고, 환자의 몸을 돌렸고, 주사를 놓았다.

나는 환자가 그대로 엎드려 있는 것을 보았다.

"어때요?" 어머니가 환자에게 물었다.

대답이 없었다. 그러자 어머니는 또다시 물었다.

"어때요?"

그러자 나이 든 여자 하나가 말했다.

"소용없어요……. 말을 하지 않아요."

"말을 하지 않아요?" 어머니가 소리쳤다.

"말을 하지 않아요." 다른 여자가 대답했다.

여자 다섯 명은 침대 발치에 앉아 달팽이를 빨고 있었고, 가장 나이 든 여자가 큰 소리로 말했다.

"가에타노, 말해. 콘체치오네가 왔어."

환자는 천천히 옆으로 돌아누웠다. 하지만 대답하지 않았다. 그러자 가장 나이 든 여자가 어머니에게 말했다.

"봤지요? 말을 하려고 하지 않지요?"

어머니는 환자에게 몸을 숙였다. 나는 어머니가 환자의 어깨에 손을 올려놓는 것을 보았다.

"그게 무슨 소리예요, 가에타노! 말을 하고 싶지 않아요?"

환자는 천천히 몸을 돌려 반듯이 누웠고, 얼굴이 보였다. 하지만 또다시 대답하지 않았다. 눈도 뜨지 않았다.

"소용없어요, 콘체치오네." 가장 나이 든 여자가 말했다. "말을 하려고 하지 않아요…… 어제부터 저렇게 말을 하지 않아요."

어머니가 물었다.

"뭐 좀 먹었어요?"

여자들은 양동이를 가리켰고, 가장 나이 든 여자가 대답했다.

"네, 먹었어요."

그러자 환자가 갑자기 말했다. 한마디 욕지거리였다.

나는 환자를 보았고, 그가 눈을 뜨고 있는 것을 보았다. 그는 눈을 나에게 고정한 채 나를 훑어보았고, 나는 그를, 그의 눈을 훑어보았다. 그리고 잠시 동안 마치 우리 두 사람만 있는 것 같았다. 남자 대 남자로서, 질병조차 없이. 나는 그 눈의 색깔조차 보지 못했고, 단지 그 눈 속에서 인류를 보았다.

"어디서 왔지요?" 그가 말했다.

"나는 콘체치오네의 아들입니다." 내가 말했다.

남자는 다시 눈을 감았고, 어머니는 여자들에게 말했다.

"즐겁게 해 줘야 해요."
그러고는 나에게 말했다.
"실베스트로, 가자."

26장

얼마 전 나는 몇 달 동안 심하게 아픈 적이 있었다. 나는 병든다는 것의 깊은 바닥, 노동자 인류의 비참함 속의 그 심오한 비참함을 알고 있었다. 특히 20일 또는 30일 전부터 벌써 침대에 누워 있고, 벽 네 개 사이에 우리와 침대의 천, 부엌의 금속 물건들, 의자, 식탁, 가구의 나무만 있을 때의 비참함을 알고 있었다.

그렇게 되면 세상에는 더 이상 다른 것이 없다. 단지 그 물건들, 가구들을 바라보지만, 그것들로는 아무것도 할 수 없다. 의자나 가구로 수프를 만들 수는 없다. 더구나 가구는 너무 커서, 먹으려면 한 달이나 걸릴 것이다. 그런데 마치 먹을 것이나 되는 것처럼, 그 물건들을 바라본다. 아마 그렇기 때문에 어린아이들은 위험해지고, 모든 것을 부수고, 또 부수는 모양이다……

가장 나이 어린 녀석은 하루 종일 의자의 나무못 하나를 입에 물고 있으며, 엄마가 그것을 빼앗으려고 하면 고함을 지른다. 그녀, 엄마, 즉 아내, 또는 간단히 말해 소녀는 책들을 바라보고, 이따금 한 권을 꺼내 읽기 시작한다. 몇 시간 동안 책장들을 펼치고 읽는다. 그러면 환자는 묻는다.

"무엇을 읽어?"

여자는 무엇을 읽고 있는지 모른다. 하지만 책이란, 사전이든 낡은 문법책이든, 무엇인가 될 수 있다. 그래서 환자가 말한다.

"이제 와서 교양을 쌓고 싶어?"

그러면 여자는 책을 내려놓는다. 하지만 다시 책들을, 먹을 수 없는 물건들을 바라본다. 그리고 또다시 한 권을 꺼내고, 이번에는 집 밖으로 나가 오후의 상당 시간을 밖에서 보낸다.

"얼마에 팔았어?" 나중에 환자가 묻는다.

여자는 1리라 50첸테시모*에 팔았다고 말하고, 환자는 불만이다. 그는 상황을 잘 이해하지 못하고, 낡은 침대에 며칠 동안이나 누운 채, 옆구리에서는 계속 열이 난다. 그런데도 다른 것을 원한다. 소년이었을 때 자기 것이었던 그 책 외에 다른 것을 원한다. 약간의 수프를 기대한다. 그런데도 자신과 아이들을 위해 빵과 치즈를 산 아내에게 마침내 고함을 지른다.

"독수리 새끼들." 아이들을 두고 하는 말이다.

아이들은 학교에서 매일 수프 한 사발을 먹는다. 그것은 멋진 착상이다. 굶어 죽는 사람들의 자식들에게 학교에서 매일 수프 한 사발을 준다는 것은 멋진 착상이다. 하지만 그것은 식욕만 돋워 주는 것 같다. 그 수프를 먹은 다음 아이들은 이를

---

* centesimo. 이탈리아의 화폐 단위로 1리라는 100첸테시모였다.

드러낸 채 집으로 돌아온다. 그리고 분별력을 잃고, 어떠한 수단을 써서라도 먹으려 하고, 광포한 동물들처럼 되어 의자의 나무못을 먹어 치우고, 아버지와 어머니를 먹어 치우려고 한다. 만약 환자가 혼자 있다면 환자를 먹어 치울 것이다. 환자의 머리맡에 있는 침대 탁자 위에는 약들이 있다. 아이들은 날카로운 이를 드러낸 채, 날카로운 굶주림과 함께 학교에서 돌아오고, 환자에게 접근한다. 그를 잡아먹으려 한다. 늑대의 걸음으로 다가온다……. 하지만 집에는 어머니가 있고, 그래서 아이들은 환자를 내버려둔 채, 약들로 덤벼든다.

"독수리 새끼들." 환자가 말한다.

그동안 가스 회사 사람은 가스를 끊었고, 전기 회사 사람은 전기를 끊었으며, 환자의 방 안에서는 어둠 속에 기나긴 시간들이 흐른다. 단지 물은 끊기지 않았다. 수도 회사 사람은 6개월마다 오고, 따라서 곧바로 와서 물을 끊을 위험은 없다. 그래서 마실 수 있는 데까지 물을 마시고, 마시고, 또 마신다. 어떤 식으로든 끓이든지 또는 찬물 그대로 마신다.

하지만 여자 집주인이 매일 온다. 그녀는 '환자 양반'을 보려고 한다. 그의 얼굴을 직접 보려고 한다. 집 안으로 들어와 환자를 보면 이렇게 말한다.

"그래, 환자 양반, 집세도 내지 않고 침대에 누워 있다니 지나친 호사군요……. 최소한 아내라도 나한테 보내서 접시라도 닦으라고 해요."

그러면 아내는 여주인의 집으로 가서 접시들을 닦고, 바닥을 닦고, 옷들을 세탁한다. 모두 집세를 내지 않은 값이다. 그러면 환자는 집 안에 혼자 남아 옆구리의 계속되는 열과 함께 기나긴 시간들을 보낸다. 옆구리 열은 환자의 고독을 이용하듯이, 그의 얼굴을 두드리고, 그를 두드리고, 두드리고, 그를 뒤흔든다.

아내가 돌아오고, 환자는 집주인에게서 아무것도 가져오지 않았느냐고 묻는다.

"아무것도." 아내는 말한다.

아내는 아무것도 가져오지 않는다.

"왜 나물이라도 캐러 가지 않아?" 환자는 말한다.

아내가 말한다. "어디로요?"

아내는 길거리로 나가 공원으로 간다. 잔디밭에는 풀들이 있고, 나무에는 녹색이 있다. 나물이다. 풀들을 잡아 뜯고, 전나무와 소나무의 잎사귀를 잡아 뜯고, 그런 다음 화단에도 가서 꽃들을 잡아 뜯는다. 그리고 나물을 갖고, 가슴속에 감춘 잎사귀와 꽃들을 갖고 집으로 돌아온다. 그 모든 것을 환자에게 내동댕이치고, 환자는 꽃들에 둘러싸인다.

"자, 여기 나물 있어요!" 아내는 말한다.

27장

나는 그것을, 그 이상을 알고 있었다. 그리고 노동자 인류에게 있어, 환자의 비참함과 환자 주변 사람들의 비참함을 이해할 수 있었다. 그런데 모든 사람이 그것을 모르는가? 모든 사람이 그것을 이해할 수 없는가? 모든 사람이 자기 생애에서 한 번 정도는 병든 적이 있을 것이다. 자기 내부에 있는 병이라는 그 이방인을 알고 있을 것이며, 그 이방인에 대한 자신의 무능함을 알고 있으며, 자신과 비슷한 사람을 이해할 수 있을 것이다…….

하지만 아마도 모든 사람이 사람인 것은 아니다. 그리고 모든 인류가 인류인 것은 아니다. 누군가 빗속에서 찢어진 신발을 신고, 찢어진 신발 속으로 물이 들어오고, 자신에게 특별히 애정을 쏟는 사람도 전혀 없고, 자신의 특별한 삶도 없고, 자기가 한 일도 없고 또 할 일도 없고, 두려워할 것도 없고, 더 이상 잃을 것도 없고, 그리고 자기 자신 너머에서 세상의 대량 학살을 볼 때, 그런 의혹이 생길 것이다. 한 사람은 웃고, 다른 한 사람은 운다. 둘 다 모두 사람이다. 웃는 사람도 아픈 적이 있을 것이다. 그렇지만 그가 웃는 것은, 다른 사람이 울기 '때문'이다. 그는 박해를 하고, 대량 학살을 할 수 있다. 또 다른 사람은, 희망 없음 속에서, 그가 신문과 신문의 성명서에서 웃는 것을 보고, 웃는 그 사람과 함께하지 못하고, 다른 우는 사람과 함께 정적 속에서 운다. 그렇다면 모든 사람이 사람인 것은 아니다. 한 사람은 박해를 하고, 다른 한 사람은 박해를 받는다. 그리고 모든 인류가 인류인 것은 아니다. 오로지 박해받는 자만이 인류다. 어떤 사람을 죽여 보라. 죽은 자가 더 사람일 것이다. 그렇기 때문에 병든 자, 굶주린 자가 더 사람이며, 굶주려 죽는 자들이 더 인류인 것이다.

나는 어머니에게 물었다. "어머니는 어떻게 생각하세요?"

"무엇에 대해서?" 어머니가 물었다.

"어머니가 주사를 놓아 주는 그 모든 사람들에 대해서요."

그러자 어머니가 말했다. "아마 나에게 지불할 수 없을 것이라고 생각한다."

"좋아요. 그래도 어머니는 매일 똑같이 그들에게 가고, 주사를 놓아 주지요. 그리고 그들이 어떤 식으로든 어머니에게 지불할 수 있기를 바라지요. 하지만 그들에 대해 어떻게 생각하세요? 그들이 누구라고 생각하세요?"

"나는 바라지 않는다. 나는 알고 있어. 어떤 사람은 지불할 수 있고, 어떤 사람은 지불할 수 없다는 것을 알지. 나는 바라지 않는다."

"그런데도 모두에게 가지요. 하지만 그 사람들에 대해 어떻게 생각하세요?"

"오!" 어머니는 소리쳤다. "어느 한 사람을 위해 간다면, 다른 사람을 위해서도 갈 수 있지. 전혀 힘든 일이 아니야."

"하지만 그 사람들에 대해 어떻게 생각하세요? 그들이 누구라고 생각해요?"

어머니는 길 한가운데서 걸음을 멈추었고, 약간 비스듬한 눈길을 내게 던졌다. 미소까지 지었다. 그리고 말했다.

"너는 정말 이상한 질문을 하는구나! 그들이 누구라고 생각해야 한단 말이냐? 약간 결핵에 걸렸거나 약간 말라리아에 걸린 불쌍한 사람들이지……."

나는 고개를 저었다. 나는 이상한 질문을 하고 있었으며, 어머니는 그것을 알 수 있었다. 그렇지만 나에게 이상한 대답을 하지는 않았다. 나는 바로 그것을, 이상한 대답을 원하고 있었다. 나는 물었다.

"어머니는 중국 사람을 본 적이 있어요?"

"물론이지. 두세 사람 본 적이 있다……. 목걸이를 팔러 돌아다니지……."

"좋아요. 만약 중국 사람이 앞에 있는데, 추위 속에서 외투도 없이, 누더기 옷에다 찢어진 신발을 신고 있는 것을 보면, 어머니는 그 사람에 대해 어떻게 생각하세요?"

"아! 전혀 특별한 것은 없지. 이곳 우리 중에서도 그런 사람들을 많이 본다. 추위에 외투도 없고, 누더기 옷에다 찢어진 신발을 신고 있는 사람들을……."

"좋아요. 하지만 그는 중국 사람이에요. 우리말을 모르고, 누구하고 이야기할 수도 없고, 웃을 수도 없고, 목걸이와 넥타

이, 허리띠를 들고 우리들 사이를 돌아다니고, 빵도 없고, 돈도 없고, 아무것도 팔지 못하고, 희망이 없지요. 그렇게 희망도 없고 가난한 중국 사람을 볼 때, 어머니는 그 사람에 대해 어떻게 생각하세요?"

"오! 이곳 우리들 중에서도 그런 사람들을 많이 본다…….. 희망도 없는 시칠리아 사람들이지."

"알아요. 하지만 그는 중국 사람이에요. 노란 얼굴, 길쭉한 눈, 납작한 코, 툭 튀어나온 광대뼈에, 아마 냄새가 날 테지요. 그는 다른 어떤 사람들보다 희망이 없어요. 아무것도 가질 수 없어요. 그 사람에 대해 어떻게 생각하세요?"

"오! 가난한 중국 사람은 아니지만, 노란 얼굴, 납작한 코에, 냄새가 나는 사람들이 많지. 가난한 중국 사람들이 아니라, 가난한 시칠리아 사람들 말이야. 그 사람들도 아무것도 가질 수 없다."

"하지만 말이에요. 그는 중국이 아니라, 시칠리아에 있는 중국 사람이라고요. 여자하고 오랫동안 이야기할 수도 없어요. 하지만 가난한 시칠리아 사람은 이야기할 수 있지요……."

"왜 가난한 중국 사람은 그럴 수 없지?"

"좋아요. 만약에 어느 가난한 여행자가 시칠리아 사람이 아니라 중국 사람이라면, 그에게는 어떤 여자가 아무것도 주지 않을 겁니다."

어머니는 눈살을 찌푸렸다.

"모르겠다."

"그것 보세요!" 나는 소리쳤다. "가난한 중국 사람은 다른 누구보다 더 가난해요. 그 사람에 대해 어떻게 생각하세요?"

어머니는 짜증이 났다.

"악마에게나 가라, 중국 사람."

나는 외쳤다. "그것 보세요! 그는 다른 누구보다 더 가난하고, 어머니는 그를 악마에게 보내지요. 그를 악마에게 보낸다면, 세상에서 그렇게 가난하고, 희망도 없고, 악마에게 보내진 그 사람은 생각해 보면, 그가 누구보다도 더 사람답고, 더 인류인 것처럼 보이지 않아요?"

어머니는 여전히 짜증이 난 표정으로 나를 바라보았다.

"중국 사람?"

"중국 사람이지요. 또는 어머니가 주사를 놓아 주는 사람들처럼 병들어 침대에 있는 가난한 시칠리아 사람이지요. 그가 더 사람답고, 더 인류답지 않아요?"

"그가?"

"그 사람이요."

"누구보다 더?"

"다른 누구보다 더 그렇지요. 병든 사람…… 고통을 받지요."

"고통을 받아?" 어머니는 소리쳤다. "그건 병이야."

"단지 그것뿐이에요?"

"그렇지 않아? 그 사람한테 먹을 것을 줘 보아라. 그러면 모든 것이 끝나지. 배가 고프기 때문이야."

나는 고개를 저었다. 나는 어머니로부터 이상한 대답을 얻을 수가 없었다. 그래서 여전히 물었다.

"그러면 중국 사람은요?"

이제 어머니는 나에게 대답하지 않았다. 이상한 대답도, 이상하지 않은 대답도 없었다. 단지 어깨를 으쓱했을 뿐이다. 물론 어머니의 말이 옳았다. 환자에게서 병을 없애면, 고통이 없을 것이며, 굶주린 자에게 먹을 것을 주면, 고통이 없을 것이다. 하지만 질병 속에서 사람은 무엇인가? 굶주림 속에서는 무엇인가?

굶주림은 세상의 모든 고통이 되어 버린 굶주림이 아닌가? 굶주린 사람이 더 사람답지 않은가? 더 인류답지 않은가? 그리고 중국 사람이……?

28장

이제 우리는 집들의 산을 따라 더 이상 내려가지 않았다. 우리는 계곡 바닥에서 다른 경사면을 올랐고, 높은 곳의 구름 또는 눈 같은 피리 소리와 햇살을 향해 올라갔다.

"어머니는 아픈 적이 없어요?" 나는 어머니에게 물었다.

"한 번 있었지." 어머니가 대답했다.

"무슨 병이었어요?"

"모르겠다. 나는 의사를 원하지 않았고, 무슨 병이었는지 모르겠다……. 혼자 나았지."

"혼자서 나았어요? 어머니는 언제나 특별하군요……."

"특별해?" 어머니는 소리쳤다. "특별하다니?"

"어머니가 혹시 다른 사람들과 다르다고 느꼈을 것이라는 말이지요. 그렇지 않아요?"

"나는 아무것도 생각하지 않았다."

그래서 내가 물었다.

"아버지는 아픈 적이 있어요?"

"당연하지! 수시로 아팠어. 말라리아에 걸렸더랬다."

"그렇군요. 아버지는 의사를 원했겠지요."

"물론! 마치 어린애 같았어. 열이 아주 높았고, 그게 말라리아라는 것을 알고 있었지. 그런데도 의사를 원했어……."

"아버지는 초라한 사람이었군요."

"겁이 많았지."

"초라한 사람이었군요."

나는 약간 피곤했다. 오르막길이었고, 바로 그곳의 한쪽에는 작은 돌담이 있었다. 나는 돌담에 몸을 기댔다. 나는 희망 없음 속의 나의 평온함으로부터 여행을 했고, 아직도 여행 중이었다. 그리고 그 여행은 대화였으며, 현재와 과거, 기억과 환상이었으며, 나를 위한 삶은 아니지만, 하나의 움직임이었다. 나는 돌담에 몸을 기댔고, 나의 아버지를, 맥베스도 아니고, 왕도 아닌, 파란 눈의 피곤한 아버지를 생각했다.

병든 아버지는 세상의 모든 고통을 짊어지고 있었으며, 자신이 맥베스가 아니라는 사실을 수용했고, 의사를 요구했고, 병이 낫기를 원했고, 어린애 같았다.

사람은 어린애 같을 때 더 사람답지 않은가? 초라하고, 자신의 비참함을 수용하고, 자신의 비참함 속에서 소리를 지른다. 더 인류답지 않은가?

"결국 초라한 사람이었군요." 나는 또다시 말했다.

나는 어머니를 바라보았고, 돌담에서 손을 뗐다.

"그러면 외할아버지는 전혀 아픈 적이 없었어요?" 내가 물었다.

"아주 심하게 아팠지." 어머니가 대답했다.

"아니, 어떻게? 그분도 아팠어요?" 나는 소리쳤다.

"물론이지. 아마 마흔 살 정도 되었을 무렵이었어. 나는 일곱 살인가 여덟 살이었지."

"의사를 원하지 않았겠군요."

"그래. 혼자서 나았지……. 가난한 자들의 의사가 한 번 왔더랬어. 하지만 더 이상 오지 않았어. 그분이 원하시지 않았어."

"바로 그래요! 그분은 특별하다고 생각했어요."

"무슨 소리야! 그분은 병이 들지 않았다고 생각하셨지……."

"맞아요. 특별하다고 생각하셨어요. 당신 같은 분은 병이 들 수 없다고 생각하셨지요. 용감한 사람이었어요!"

어머니는 어깨를 폈고, 당당했다.

"물론. 용감한 분이셨지."

"그런데 무슨 병이었어요? 약간의 결핵, 아니면 약간의 말라리아였어요?"

"천만에!" 어머니는 소리쳤다. "아주 심하게 병이 들었단다. 죽었다가 다시 살아났어!"

나는 이제 돌담에 기대지 않았고, 어머니의 팔에 기댔다. 나는 남자들, 나 자신, 아버지, 외할아버지, 초라한 남자들과 용감한 남자들을 생각했다. 그리고 비참함 속에서의 인간다움과 용감함에 대해 생각했고, 내가 사람의 아들이라는 것이 자랑스러웠다.

물론 누군가는 사람이 아니다. 그리고 모든 인류가 인류인 것은 아니다. 그렇지만 초라하기 때문에, 사람이 아닌 것은 아니다. 또 용감하기 때문에 사람인 것도 아니다.

어떤 사람은 비참함 속에서 어린애처럼 소리를 지를 수 있으며, 그래서 더 사람다울 수 있었다.

또 자신의 비참함을 부정하고 용감할 수도 있으며, 그래도 똑같이 사람다울 수 있었다.

용감한 사람은 롬바르디아 거인 같은 사람이며, 사람다울 때 다른 의무들을 생각한다. 그렇기 때문에 그는 더욱 사람이다. 그리고 그렇기 때문에 그의 병은 아마 죽음이자 부활일 것이다.

"폐렴이었지." 어머니는 이야기했다. "아니면 그와 비슷한 병이었다. 그래도 의사를 원하시지 않았어. 당신은 병들지 않았다고 말했지. 가난한 자들의 의사를 보냈어. 의사에게 말하셨지, 가난한 사람들에게는 빵이 너무 비싸다고. 하루의 노동이 빵 한 조각 값이라고 말했어. 그러고는 의사를 쫓아 버렸지. 우리는 일해야 한다고 의사에게 말하셨지. 그리고 계속해서 일을 했어. 하루에 열네 시간 동안 말이야. 그러다가 어느 날 밤에 죽었다가 다시 살아나셨어."

"외할아버지는 위대하셨군요."

"위대하셨지."

이제 골목길을 통해 우리는 계곡의 그늘 밖으로 나왔다. 우리는 햇살 속에 이르렀고, 어머니는 말했다.

"그런데 내가 주사를 놓는 것이 어떻다고 생각하니? 좋지, 응?"

"좋아요."

"그래?" 어머니는 말했고, 의기양양하고 만족스러운 표정이었다.

"봤지? 나는 혼자서 벌어 먹을 수 있어."

우리는 개울의 물소리에서 멀리 떨어져 있었고, 햇살 속에서 잠시 후 사라질 태양을 마주보고 있었다. 그리고 마을 위로 피리 소리의 구름 또는 눈이 펼쳐지는 것을 느낄 수 있었다.

"이제 과부의 집으로 가자. 어느 정도 돈이 있는 여자야. 현금으로 지불한단다."

29장

과부는 마흔 살쯤의 여자였고, 피부가 아름다웠으며, 커다
랗고 천장이 높은 방이 두세 개 있는 이층집에 살고 있었다.

"사람들은 과부라고 부르지. 하지만 정말로 과부는 아니란
다. 어느 유력한 신사의 첩이었지……."

"그런데 왜 주사를 맞지요?"

"귀부인이기 때문이야. 귀한 사람들은 주사를 맞는단다. 그
여자도 그런 사람들과 익숙해졌어. 하지만 아마 결핵도 있는
모양이야."

어쨌든 호감을 주는 여자였으며, 피부가 아름다웠다. 그 커
다란 방들에서 혼자 사는 것 같았다. 그녀가 직접 문을 열었다.

"기다리고 있었어요, 콘체치오네. 당신 아들이 왔다는 말을
들었지요. 바로 그 아들인가요?"

현관문 위쪽의 집 안에서는 마치 가을 내내 포도주를 발효
시킨 것처럼 강한 냄새가 풍겼다. 그것은 시칠리아에서 가난하

지 않은 도시 집들의 냄새였으며, 메스껍고 유쾌하지 않은 냄새, 어둠의 친밀한 동료였다.

과부는 웃으면서 수다스럽게 우리를 맞이했고, 커다란 가슴, 커다란 젖가슴의 풍성한 목소리, 검은 눈, 검은 머리카락을 갖고 있었다.

"내가 데리고 오길 잘한 모양이군요. 정말 멋진 아들이지요?"

"크고 튼튼하군요! 당신에게 어울리는 아들이에요, 콘체치오네." 과부가 말했다.

그리고 수다스럽게 웃었고, 우리를 방으로 안내했다. 방들에서는 현관문과 계단에서처럼 포도주 냄새가 났지만, 또한 계피 냄새도 약간 났다. 오래 된 방들이었고, 지나친 가구들도 없었고, 벽에는 그림엽서들이 부채 모양으로 붙어 있을 뿐이었다. 그리고 발코니가 북쪽의 조그마한 안뜰을 향했기 때문에, 빛이 많지 않아 비교적 어두웠다.

어머니는 계속해서 나에 대해 이야기했다.

"내 아들이 왔다는 것을 어떻게 알았지요? 만약 데리고 오지 않았더라면 잘못했을 것 같군요……."

"오, 그랬더라면, 알고 싶은 호기심이 남았겠지요."

그녀는 억지로 우리에게 마르살라* 포도주와 비스킷을 제공하고 싶어 했다. 그것을 제공한 탁자에서는 집 안 전체가 보였다. 두세 개의 커다란 방에는 문이 여러 개 있었는데 모두 활

---

* Marsala. 시칠리아 서쪽 끝의 해안 도시로 세계적으로 유명한 포도주 생산지다.

짝 열려 있었고, 각 방마다 탁자 하나가 있었다. 그중 한 방에는 빨간 침대보가 깔린 커다란 침대가 있었다.

"그래요." 과부가 말했다.

그리고 수다스럽게 웃었다. 그녀는 나에게 북부 이탈리아에 대해 물었다. 또 어머니에게 순회하는 모든 집에 나를 데리고 갔느냐고 물었다.

"물론이지요." 어머니가 말했다. 어머니는 나를 많은 집에 데리고 간 것에 만족한 표정이었고, 얼마나 주사를 잘 놓는지 나에게 보여 주고 싶었다고 덧붙였다. 그러자 과부는 웃었다. 그녀는 나를 바라보았다. 검은 눈으로, 남자인 나를 바라보았다. 그리고 커다란 젖가슴의 풍부한 목소리로 말했다.

"하지만 나에게는 안 돼요, 콘체치오네."

"당신에게는 무엇이 안 되지요?"

"나에게는 얼마나 주사를 잘 놓는지 보여 주지 말아요."

"왜 안 돼요?"

그러자 과부는 웃었고, 말했다.

"나는 그 앞에서 주사를 놓도록 놔두지 않겠어요."

"왜 안 돼요?" 어머니는 나에게 강요할 의지로 무장되어 있었다.

"왜 안 돼요?"

"왜냐하면, 그럴 필요가 없으니까요, 콘체치오네." 과부가 대답했다. "여기서는 그럴 필요가 없어요. 방이 많아요. 밖으로 나가지 않고도 기다릴 수 있지요."

"하지만 그게 아니에요. 나는 내가 어떻게 주사를 놓는지 보여 주고 싶어요."

"이미 여러 번 보았잖아요. 여기에서도 볼 필요는 없어요."
과부가 말했다.

그러고는 나를 향해 웃으면서 말했다. "그렇지요, 실베스트
로 씨?"

"네, 그런 것 같아요." 내가 말했다. 하지만 나는 강요되기를
바랐다.

"뭐가 그렇다는 거야?" 어머니가 나에게 물었다. "너는 내가
부인에게 어떻게 주사를 놓는지 보고 싶지 않아?"

"오, 보고 싶어요."

"그것 봐요. 보고 싶어 해요."

"하지만 콘체치오네!" 과부가 소리쳤다. "나는 그가 보지 않
았으면 해요."

어머니는 웃었다.

"하, 하! 하지만 내 아들이에요. 나하고 똑같아요……."

"하지만 젊은이예요."

"얘가 지금까지 여자들을 본 적이 없다고 생각하세요?"

그러자 과부는 더 이상 아무 말도 하지 않았다. 그녀는 웃었
고, 굴복했다. 그리고 나를 향해 몸짓과 함께 웃으면서 말했다.

"기다리는 것은 이 사람이군요, 나쁜 사람!"

과부는 침대 위로 엎드렸고, 어머니는 그녀를 벗겼다.

"이것은 횡포예요, 콘체치오네." 그녀는 베개 위에서 웃으면
서 말했다.

그러자 어머니는 유쾌하게 살 속으로 주삿바늘을 찔렀고,
그런 다음 의기양양하게 나를 바라보았고, 그 살을 가리키면
서 말했다. "봐라, 얼마나 잘생겼는지."

과부는 침대 위에서 웃으면서 동요했다. "오, 콘체치오네!"

"거의 마흔 살이란다." 어머니가 말했다.

나는 칭찬을 했다.

그러자 과부가 소리를 질렀다. "오, 실베스트로 씨!" 그녀는 몸이 굳었고, 일어나려고 했다. 하지만 어머니는 여전히 그녀를 붙잡고 있었으며, 옷을 오히려 위로 더 걷어 올렸다.

"잘 보이게 조금 기다려요." 어머니는 말했다. 그러고는 나를 향해 "봐라, 실베스트로." 하고 말했다.

"이것은 횡포예요!" 과부가 말했다. 그리고 몸부림쳤고, 일어나려고 했다.

마침내 어머니는 과부가 일어나도록 놔두었고, 과부는 웃으면서 빨개진 얼굴로 나에게 말했다. "당신은 나쁜 사람이군요, 실베스트로 씨."

과부는 우리에게 친절하게 인사를 했고, 나와 어머니는 밖으로, 지는 태양을 마주보며, 피리 소리와 햇살 속으로 나왔다. 그리고 웃었다. 어머니는 과부가 많은 이야깃거리를 만들었다고 말했다. 왜냐하면 그녀는 첩이었으며, 정상적인 위치에 있다고 느끼지 않았기 때문이라고 했다.

"하지만 좋은 여자야." 어머니는 말했다. 그리고 덧붙였다. "또 정말로 잘생기지 않았니?" 어머니는 나를 바라보았고, 눈을 찡긋했다. 그동안 우리는 거리를 가로질러 갔다.

"오, 그래요!"

"또 피부가 싱싱하지." 어머니가 덧붙였다.

"오, 그래요!"

"이 고장에서는 그 나이에 아름다운 여자들 중 하나야."

"그런 것 같아요."

"하지만 그 나이에 그녀보다 더 멋진 여자들도 있지."

어머니는 말했다. "나는 그 여자보다 나았어. 그리고 지금 내 나이가 쉰이지만, 그 여자와 비교해도 지나치게 흉하게 생기지는 않았을 거라고 생각한다."

"오, 그래요!"

"어때, 나는 여전히 멋지지?"

"오, 그래요! 어머니에겐 흰 머리카락 하나 없어요."

"속이 얼마나 싱싱한지 네가 보아야 하는 건데."

"어머니는 자부심을 느껴도 돼요."

"물론." 어머니는 소리쳤다. "내가 네 아버지한테 말했단다. 당신은 내 나이에 나처럼 싱싱한 아내에 자부심을 느껴도 된다고 말이야……. 하지만 그 사람은 여자에 대해 아무것도 몰랐어. 자기 시에서 섬세한 손과 눈 따위에 대해 이야기했을 뿐이야."

"시에서 다른 것에 대해 이야기할 수는 없었겠지요."

"그래, 하지만 이야기하기 전에, 나머지에 대해 고려할 수는 있었을 거야. 만약 다른 것을 고려했다면, 나에 대해 자부심을 느꼈을 거야. 우리 아버지는 나와 다른 딸들에 대해 아주 강한 자부심을 갖고 계셨어……. 시칠리아 전체에서 우리처럼 뒷모습이 잘생긴 처녀는 아무도 없다고 말하시곤 했지……. 아, 우리 아버지는 나에 대해 자부심을 갖고 있었어!"

30장

  더 위쪽으로, 지는 해를 마주보며, 우리는 다른 현관문 앞
에 이르렀다. 과부의 집보다는 작고 덜 화려했으며, 부서진 망
치 하나가 걸려 있었다.

  "이제 내 친구의 집으로 가자."

  "친구 분에게도 주사를 놓으려고요?"

  "그래. 그 여자도 얼마나 싱싱한지 너에게 보여 주고 싶구
나…… 아마 과부보다 더하지……. 그 여자도 거의 마흔 살이
란다."

  "그 여자도 과부인가요? 말하자면, 유력한 신사의 첩이었어
요?"

  "오, 아니야! 남편이 있는 여자야. 자식이 넷이지……."

  우리는 좁먹은 현관문에서 입구로 들어섰다. 그곳 계단에
도, 시칠리아에서 가난하지 않은 집들의 특징인 포도주의 낡
은 냄새가 있었다. 하지만 집 안에는 냄새가 훨씬 옅었다. 집

안의 모든 것이 너무나도 낡았다. 가구들, 바닥의 벽돌들, 커튼, 침대보들, 모든 것이 너무나도 낡고 메말랐으며, 무엇보다도 먼지를 느낄 수 있었다.

"그 여자는 왜 주사를 맞지요? 병이 들었어요?"

"아니야. 약간 빈혈이 있다고 생각하지."

"내 앞에서 주사를 놓을 거예요?"

"물론이지."

"하지만 만약 원하지 않으면 강요하지 말아요."

"하지만 분명히 원할 거야."

우리는 문을 열어 준 다섯 살짜리 어린아이를 따라 집 안으로 들어갔다. 다른 어린아이 두 명이 다가왔는데, 하나는 일곱 살 정도였고, 다른 하나는 여덟이나 아홉 살 정도였다. 아이들은 머리가 길고 긴 앞치마를 입고 있어서 남자인지 여자인지 알 수가 없었다. "콘체치오네! 콘체치오네!" 아이들은 소리를 질렀고, 우리를 집 안으로 이끌었다. 방들은 모두 매우 어두웠다. 그리고 테라스에서 열다섯 또는 열여섯 살 정도의 소녀가 우리에게로 왔는데, 그녀도 역시 말했다. "콘체치오네! 콘체치오네!"

마지막으로 어머니의 친구인 부인이 나왔다.

"콘체치오네! 콘체치오네!" 부인이 말했다.

그다지 크지 않은 여자였으며, 외관상으로는 전혀 빈혈 같아 보이지 않았고, 오히려 통통한 편이었으며, 아름답고 젊은 피부에 호감을 주는 여자였다. 그녀는 어머니를 껴안고 목에 팔을 두른 채, 마치 몇 달 동안이나 보지 못한 듯이 입을 맞추었다. 그리고 소리를 지르며 뛰어다니는 아이들 사이에서 말했다. "네 아들을 데리고 올 것이라고 생각했지!"

"내 아들이 왔다는 것을 알았니?"

"그래." 어머니의 친구는 말했다. "곧바로 알았어. 그래서 나에게 데리고 올 것이라고 생각했지. 정말 멋진 아들이구나!"

아이들은 소리를 질렀고, 소녀는 말했으며, 우리는 높다란 더블 침대가 있는 방으로 들어갔다. 어머니는 친구에게 말했다.

"자 어서, 침대에 엎드려!"

"그 앞에서 놓을 거야?" 어머니의 친구가 말했다.

"왜 그래? 그럼 밖으로 쫓아낼 거야?" 어머니가 소리쳤다.

"그런 말이 아니야." 어머니의 친구가 대답했다.

아이들은 모두 방 안에 있었고, 소녀도 있었다. 어머니의 친구는 말했다. "약간 의심이 드는구나. 저렇게 큰데!"

어머니는 웃었고 그녀도 어머니와 함께 웃었다. 소녀도 웃었다.

"하지만 내가 저렇게 크게 만들었어. 의심할 필요 없어."

그러자 어머니의 친구는 침대에 엎드렸다.

"벌써 많은 여자들을 보았겠지." 그녀가 말했다.

그녀는 스스로 벗었으며, 어머니가 주사 놓기를 기다리면서 말했다.

"나보다 더 입맛을 돋우는 여자들을 보았겠지."

아이들은 주변에서 소리를 지르며 뛰어다녔다. 어머니는 아직도 주사를 놓을 준비가 되지 않은 상태에서 말했다. "입맛을 돋우지 않을까 두렵니?"

어머니는 웃었고, 소녀도 함께 웃었고, 아이들이 주위에 뛰어다니는 동안, 어머니의 친구도 베개에 대고 웃었다. 그리고 소리쳤다. "오, 아니야, 콘체치오네! 내가 거의 어머니뻘 된다는 것을 잘 알고 있지."

그래서 내가 말했다. "그것은 중요하지 않은 것 같은데요……."

그녀의 육체는 아름다웠으며, 나는 칭찬을 하려고 했다. 그러자 그녀가 소리쳤다. "무슨 말을 하려는 거예요?"

그러자 어머니가 소리쳤다. "네 입맛을 돋운다고 말하려는 거냐?"

"왜, 안 되나요?"

"오!" 어머니의 친구가 웃으면서 소리쳤다.

"오!" 어머니가 웃으면서 소리쳤다.

소녀도 함께 웃었다. 주사가 끝나자 어머니의 친구는 일어났고, 웃으면서 내 얼굴 앞에 위협적인 손가락을 들이대며 말했다. "당신이 뭔지 알아요? 당신은 무례한 사람이에요."

밖으로 나오자마자 어머니가 나에게 물었다.

"정말로 네 식욕을 돋우었니?"

"왜, 안 되나요?"

"오!" 어머니는 소리쳤고 웃었다.

"너보다 열 살이나 더 많은 여자야!"

그리고 덧붙였다. "과부도 네 입맛을 돋우었니?"

"물론이지요! 오히려 더……."

"오!" 어머니는 소리쳤다.

어머니는 웃었고 말했다. "내가 그걸 알았더라면, 보지 못하도록 했을 텐데."

하지만 어머니는 속으로 즐거워했으며, 어딘가 의기양양한 표정이었다. 우리는 그 오르막길을 따라, 지는 해와 계곡 전체를 향해 펼쳐진 공터 같은 곳에 이르렀다.

어머니는 햇살을 바라보더니, 나에게 물었다.

"여자가 어떻게 생겼는지 네가 처음으로 보았을 때가 언제였니?"

31장

햇살이 반짝이는 차갑고 거대한 대기 속에는 여전히 피리 소리가 있었다. 이제는 눈도 아니고, 구름도 아니었으며, 아주 가깝고 생생했다. 그 피리 소리에는 염소들의 방울 소리가 들어 있었다. 이제 산발적인 딸랑거림이 아니라, 충만한 방울 소리였다. 마치 수많은 염소 떼들이 집 뒤로 지나가는 것 같았다.

"처음 본 것이 언제였냐고요?"

나는 생각하기 시작했고, 어머니에게 대답할 것을 기억하려고 노력했다.

"그래, 여자가 어떻게 생겼는지 네가 처음으로 보았을 때 말이야."

그리고 나는 기억하려고 노력했다. 그것을 기억한다는 것은 즐거웠으며, 또한 나에게는 쉬운 일이었다.

"여자가 어떻게 생겼는지, 나는 언제나 알고 있었던 것 같아요."

"네가 열 살이었을 때, 달리는 기차에서 뛰어내리던 장난꾸러기였을 때에도?" 어머니가 소리쳤다.

"그래요. 열 살 때 나는 여자가 어떻게 생겼는지 잘 알고 있었어요."

"일곱 살 때에도?" 어머니가 소리쳤다. "일곱 살 때, 네가 어린애였고, 내 여자 친구들의 품에 안겨 있었을 때에도 말이냐?"

"그랬다고 생각해요. 일곱 살 때도 그랬어요. 일곱 살 때, 우리는 어디에 살았지요?"

어머니는 계산을 했다.

"전쟁이 시작되던 해였지. 우리는 테라노바에 살았어. 마을에서 1킬로미터 떨어진 철도원 관사에 살고 있었지."

"테라노바?"

바로 그곳에서 나는 『아라비안나이트』와 옛날이야기, 옛날 여행기 등 많은 책들을 읽었다. 일곱 살인가 여덟 살 때였고, 시칠리아는 바로 그곳이었다. 『아라비안나이트』와 책들에 나오는 아주 옛날 사람들, 옛날 마을들, 나무들, 집들도 그곳에 있었다. 그리고 인간으로서 나의 삶 속에서 나는 그것을 잊었지만, 그것은 내 안에 있었고, 나는 기억할 수 있었고, 되찾을 수 있었다. 되찾을 것을 가진 자여, 복되도다!

어린아이였을 때 책을 읽었다는 것은 행운이다. 게다가 옛날과 옛날 마을의 책들, 역사책들, 여행기들, 특히 『아라비안나이트』를 읽었다는 것은 갑절의 행운이다. 사람은 자기가 읽었던 것을, 어떤 방식으로든 마치 직접 체험한 것처럼 기억할 수 있고, 또한 자신의 어린 시절과 함께, 사람들의 역사와 모든 세상을 자기 내부에 간직한다. 일곱 살 때 페르시아, 여덟 살 때 오스트레일리아, 아홉 살 때 캐나다, 열 살 때 멕시코, 또 여섯 살의 겨울에는 바벨탑과 다윗이 나오는 성서의 유대인들, 어느 해 2월인가 아니면 10월에는 칼리프와 술탄들, 여름에는 시칠리아─유럽을 차지하기 위해 마치 테라노바, 시라쿠사 같은 곳에서 벌어지는 것 같은 구스타브 아돌프* 등과의 커다란 전쟁들에 대해 읽었고, 그동안 매일 밤 기차는 모두의 전쟁이었던 그 커다란 전쟁을 위해 군인들을 실어 가고 있었다.

나는 어린 시절 책을 많이 읽는 그런 행운을 갖고 있었다. 그리고 테라노바에 있었을 때, 시칠리아는 나에게 바로 바그다드이자, '눈물의 궁전'이자, 야자수들의 정원을 의미하기도 했다. 그곳에서 나는 『아라비안나이트』와 다른 것들을 읽었다. 내 아버지의 어느 친구의 딸들과 소파들이 가득한 집에서였다. 그리고 그녀들에게서 나는, 마치 술탄의 왕비들이나 시녀들처럼, 세상의 이성과 마음을 지닌, 확실하고 구체적인 여자의 나체를 기억하고 있었다.

"그래요. 일곱 살 때, 나는 여자가 어떻게 생겼는지, 그 어느 때보다 잘 알고 있었어요."

"그 어느 때보다?"

"그 어느 때보다 그랬어요. 나는 알고 있었고, 또 보았어요. 여자가 어떻게 생겼는지 나는 언제나 눈으로 보고 있었지요."

"무슨 소리야?" 어머니가 소리쳤다. "그런 생각을 했더랬

---

* 스웨덴의 왕으로서 여러 전쟁에서 뛰어난 군사적 지휘 능력을 자랑했던 구스타브 아돌프 2세(1594~1632)를 암시하는 듯하다.

니?"

"아니오. 생각하지 않았어요. 나는 알고 있었고, 또 보았어요. 그게 전부예요. 그것으로 충분하지 않아요?"

"누구에게서 보았지?"

"모든 여자에게서 보았어요…… 나에게는 아주 자연스러운 것이었지요. 나쁜 것이 아니었어요."

그랬다. 나쁜 것이 아니었다. 하지만 어쨌든 여자였다. 일곱 살 때에는 누구든 세상의 악을 모르며, 고통을 모르며, 희망 없음을 모르며, 추상적인 분노에 흔들리지 않는다. 하지만 여자는 안다. 남자로 태어난 자는, 절대 일곱 살 때나 그 이전처럼 여자를 알지 못한다. 그렇다면 여자는 남자 앞에서, 위안도 아니며, 기쁨도 아니며, 또한 장난도 아니다. 바로 세상에 대한 확신, 불멸의 확신이다.

"언젠가 내가 일곱 살이었을 때였어요." 나는 어머니에게 이야기했다. "우리 친구들 중 여자애 하나가 병이 들어 죽었어요. 용감했는지 또는 초라했는지는 모르지만, 어머니의 환자들 같았어요. 나는 계속해서 그 소녀의 집으로 갔고, 종종 오랜 시간 동안 그녀의 침대 곁에 있었어요. 오래전부터 알고 있던 아이였어요. 그 아이는 나와 함께 놀았고, 나를 안기도 했고, 내 앞에서 셔츠를 갈아입기도 했어요. 병들어 있는 동안 매일 어떤 여자가 와서 주사를 놓았는데, 나는 그곳에 있었고, 보았어요. 방금 과부와 어머니의 친구를 보았듯이 말이에요. 물론 똑같은 것은 아니었어요. 입맛의 문제도 전혀 없었지요. 그런데 어느 날 나에게 말하더군요. '난 이제 죽을 거야!' 하고 말이에요."

"그래서?" 어머니가 소리쳤다.

"아무것도 없었어요."

"아무것도 없었다니?" 어머니가 소리쳤다. "우리 친구였던 알라디노 씨의 딸이었어. 아름다운 아이였지……."

"아름다운 소녀들의 집이었지요?"

"그래." 어머니가 이야기했다. "그 아이들의 아버지는 나뭇진을 실은 배를 타고 몰타에 갔다 오곤 했는데, 때로는 딸들 중 하나를 데리고 가기도 했어. 그러다 하나는 몰타에 남아서 금은 세공사와 결혼했지……. 다른 딸 하나는 중개상과 결혼했어. 그리고 다른 하나가 죽었지."

어머니는 이야기를 끝냈다. 그리고 물었다.

"그래서? 너는 그 아이가 죽었을 때에 대해 말하고 있었지……."

"말했잖아요. 그 아이는 죽었고, 나는 계속해서 그 집에 갔어요. 나는 그 아이 대신 자매들을 바라보았어요."

"너는 그 아이의 죽음이 슬프지 않았니?"

"모르겠어요. 나는 그 아이처럼 벌거벗은 다른 아이들을 보았어요……. 그렇게 아름다운 것은 더 이상 없었어요."

"아니, 어떻게?" 어머니가 소리쳤다. "알라디노의 딸들보다 잘생긴 여자들을 보지 못했다고?"

"그런 말이 아니에요."

"그러면 네 아내는? 네 아내가 알라디노의 딸들보다도 못하다는 말이냐? 너는 어떤 아내를 얻었니?"

"그런 말이 아니에요."

"너는 여자들을 많이 보지 못했구나!" 어머니가 소리쳤다.

"그런 말이 아니에요." 나는 세 번째 말했다.

그러자 어머니가 말했다.

"이리 와라. 이제 엘비라 양에게 가 보자. 너는 스무 살의 아가씨가 어떻게 잘생겼는지 볼 수 있을 거다."

어머니는 발걸음을 서둘렀다. 어머니는 앞장서서 커다랗고 불그스레하게 지는 햇살을 받으며, 사람들과 염소들 사이를 걸으면서, 피리들의 영광스러운 음악 속을 걸으면서 말했다.

"나는 엘비라 양에게 주사를 놓을 때면 언제나 생각했단다. 아마 내 아들들은 그런 것을 전혀 보지 못했을 것이라고 말이야."

4부

32장

하지만 이제 나는 그 환자들과 여자들에 싫증이 났고, 그래서 어머니의 말을 듣지 않았다. 나는 어머니와 함께 아가씨의 집으로 올라가고 싶지 않았다.

우리는 집들의 산 중간쯤에 있는 커다란 저택 아래에 이르렀다. 나는 어머니에게 말했다. "여기서 기다리겠어요."

"그게 무슨 소리야?" 어머니는 소리를 질렀다.

마치 화가 난 어머니처럼 나를 때리려는 듯이 몸을 돌렸다. 하지만 어린아이가 아니라 거의 서른 살의 남자, 거의 이방인 같은 나를 발견했다. 어머니는 소리를 질렀다. "멍청이!" 어머니는 소리를 질렀다. 하지만 정말로 나는 올라가고 싶지 않았기 때문에, 내가 이겼다. 여행의 수레바퀴는 지금 내 안에 멈추어 있었다. 무엇 때문에 다른 여자를, 또는 다른 환자를 보아야 한단 말인가? 무엇 때문에? 나에게 무엇 때문에? 또한 그들에게 무엇 때문에?

죽음 또는 죽지 않음을 나는 잘 알고 있었으며, 시칠리아 또는 세상도 마찬가지였다. 나는 저택을 바라보았고, 그 안에서 어머니의 주삿바늘을 위해, 또 나의 눈을 위해, 남자들을 위해 준비하고 있을 여자를 생각했다. 그리고 나는 그 여자가 다른 모든 여자, 또는 환자, 또는 죽은 자들 이상으로 불멸의 여자라고 생각하고 싶지 않았다. 나는 돌담 위에 앉았다. "여기서 기다리겠어요." 나는 또다시 어머니에게 말했다.

　그리고 기다리면서 계곡 위로 연 하나가 다가오는 것을 보았다. 내 머리 위 높다란 빛살 속으로 날아오르는 연을 눈으로 뒤쫓았다. 나는 자문했다. 무엇 때문에 결국 세상은, 일곱 살 때처럼, 언제나 『아라비안나이트』가 아닌가 하고. 나는 층층이 늘어선 지붕들과 계곡 위로 퍼지는 피리 소리, 염소들의 방울 소리, 목소리들을 들었다. 나는 여러 번 스스로에게 물었다, 그 허공의 연을 바라보면서. 그 연을 시칠리아에서는 날아오르는 용이라 부르는데, 어떤 면에서 그것은 사파이어, 오팔, 또는 기하학적 형상의 시칠리아 하늘에 떠 있는 중국이나 페르시아 같았다. 나는 연을 바라보면서, 무엇 때문에 정말로 인간에게는 일곱 살 때의 믿음이 영원히 존재하지 않는지 나 자신에게 질문하지 않을 수 없었다.

　혹시 그런 믿음은 위험한 것인가? 누구든지 일곱 살 때는 모든 사물에서 기적들을 발견하며, 사물들의 벌거벗음에서, 여자에게서, 그것들에 대한 확신을 갖는다. 우리의 갈비뼈인 여자가 바로 우리에 대한 확신을 갖듯이. 죽음은 있다. 하지만 확신을 없애지는 못한다. 그렇다면 죽음은 사람들의 『아라비안나이트』의 세상을 해치지 못한다. 종이와 바람만을 원하는 소년은, 단지 연을 날리는 것만 필요하다. 밖으로 나가 연을 띄운다. 연은 소년에게서 솟아나는 함성이며, 소년은 보이지 않는 긴 실을 통해 그것을 하늘로 날리고, 그리하여 소년의 믿음은 확신을 먹고, 확신을 찬양한다. 하지만 나중에 그 확신으로 무엇을 할 것인가? 사람은 나중에 세상에 가해진 모욕들을 알고, 사악함과 예속, 사람들 사이의 불의, 인류와 세상에 거스르는 지상적 삶의 모욕들을 알게 된다. 그렇다면, 만약 여전히 확신을 갖고 있다면, 무엇을 할 것인가? 무엇을 할 것인가? 자문한다. 나는 무엇을 할 것인가? 무엇을 할 것인가? 나는 나 자신에게 묻는다.

그리고 연은 지나갔다. 나는 하늘에서 눈을 뗐고, 저택 앞에 칼을 가는 사람이 멈추어 있는 것을 보았다.

33장

길거리는 온통 계곡에 펼쳐진 충만한 햇살 속에 잠겨 있었고, 칼갈이는 자신과 손수레의 여러 곳에서 번득였다. 햇살에 눈부신 내 눈앞에서 검은 얼굴을 번득이고 있었다.

"칼 갈아요! 칼 갈아요!" 그는 저택의 창문을 향해 소리쳤다. 삐걱거리는 그의 목소리는 유리창과 돌멩이들을 쪼았다. 나는 그가 들판의 허수아비가 쓰고 있는 것과 똑같은 모자를 머리에 쓴, 일종의 야생 새 같다고 생각했다. "갈아야 할 것 없어요?" 그가 소리쳤다.

이번에는 나에게 말하는 것 같았다. 나는 돌담을 떠나 길을 가로질렀고, 그의 목소리를 향해 다가갔다.

"나는 당신, 이방인에게 말하는 것이오." 그가 소리쳤다.

그는 다리엔 털이 빠졌고 몸집은 커다랬으며, 시험 삼아 숫돌 바퀴를 앞뒤로 돌리면서, 어딘가 마치 자신의 횃대 위에 웅크리고 앉아 있는 것 같았다. "당신은 이 마을에 갈아야 할 것을 가지고 오지 않았나요?" 그가 소리쳤다.

이제 여행의 수레바퀴가 다시 내 몸속에서 움직이기 시작했다. 그래서 나는 내 호주머니들을 이쪽저쪽 더듬었다. 내가 세 번째 호주머니를 뒤적이는 동안, 그는 계속해서 말했다. "당신은 갈아야 할 칼이 없나요? 갈아야 할 대포가 없나요?"

나는 조그마한 주머니칼을 꺼냈다. 사내는 내게서 주머니칼을 빼앗았고, 광포하게 갈기 시작했다. 그리고 연기에 그을린 듯 검은 얼굴로 나를 바라보았다.

나는 그에게 물었다. "이 마을에는 갈아야 할 것이 많지 않은가요?"

"가치 있는 것은 많지 않아요." 칼갈이는 대답했다. 그리고 그의 손가락들이 조그마한 칼날을 사이에 낀 채 숫돌 바퀴의 소용돌이 속에서 춤추는 동안, 그는 계속해서 나를 바라보았다. 그는 웃고 있었으며, 젊었고, 낡은 허수아비 모자를 쓰고, 야위고 호감을 주는 타입이었다.

"가치 있는 것은 많지 않아요. 값어치가 나가는 것은 많지 않아요. 즐거움을 주는 것은 많지 않아요." 그가 말했다.

"당신은 칼들을 잘 갈겠군요. 당신은 가위들을 잘 갈겠군요."

"칼들? 가위들? 당신은 이 세상에 아직도 칼과 가위들이 남아 있다고 믿어요?"

"나는 그렇다고 생각했지요. 이 마을에는 칼과 가위들이 없나요?"

칼갈이의 눈은 나를 바라보면서 하얀 칼날처럼 번득였고, 검은 얼굴의 열린 입에서는 우스꽝스러운 억양의 약간 쉰 목소리가 튀어나왔다. "이 마을에도 없고, 다른 마을에도 없어요." 그는 외쳤다. "나는 수많은 마을들을 돌아다니고, 내가 칼을 갈아 주는 사람들은 일만오천 명이나 이만 명 정도 되지요. 그런데도 나는 전혀 칼도 가위도 볼 수 없어요."

"하지만 만약 당신이 칼도 가위도 보지 못한다면, 사람들은 당신에게 무엇을 갈아 달라고 하지요?"

그러자 칼갈이는 말했다. "나는 언제나 그들에게 묻지요. 당신들은 나에게 무엇을 갈라고 줍니까? 당신들은 장검(長劍)을 주지 않아요? 당신들은 대포를 주지 않아요? 그리고 나는 그들의 얼굴을, 눈을 바라보지요. 내가 보기에, 그들이 나에게 주는 것은 못이라고 부를 수도 없는 것들입니다."

그리고 그는 입을 다물었으며, 이제는 나를 바라보지도 않았다. 그는 숫돌 바퀴에 몸을 구부린 채 페달을 세게 밟았고, 광포하게, 1분이 넘게 집중하여 갈았다. 마침내 그가 말했다. "진짜 칼날을 간다는 것은 즐거운 일이지요. 당신이 그것을 던지면 창이 되고, 손에 잡으면 단검이 되지요. 아, 모든 사람들이 언제나 진짜 칼날을 갖고 있다면!"

"왜요? 그러면 무슨 일이 일어날 것이라고 생각하세요?"

"오, 그러면 나는 언제나 진짜 칼날을 갈아 주는 즐거움을 가질 수 있을 겁니다." 칼갈이는 대답했다.

그는 다시 잠시 동안 광포하게 집중하여 갈았다. 그러고는 속도를 늦추면서 나지막한 목소리로 덧붙였다. "때로는 모든 사람들에게 갈아야 할 이빨과 발톱들이 있다면, 그것으로 충분할 것 같아요. 나는 그것들을 독사의 이빨처럼, 표범의 발톱처럼 갈아 줄 거요……."

그는 나를 바라보았고, 나에게 눈을 찡긋했다. 반짝이는 눈과 검은 얼굴로. 그리고 웃었다. "하! 하!"

"하! 하!" 나도 웃었고, 그에게 눈을 찡긋했다.

그러자 그는 내 귀 가까이 몸을 숙이고, 귀에다 말했다. 나는 내 귀에서 그의 말을 들었고, "하! 하!" 웃었다. 그리고 나도 그의 귀에 대고 말했다. 그렇게 우리 둘은 서로의 귀에 대고 말했고, 웃었고, 손으로 서로의 어깨를 두드렸다.

34장

그리고 칼갈이는 화살과 단검처럼 날이 선 내 칼날을 되돌
려주었고, 나는 얼마냐고 물었다. 그는 40첸테시모라고 말했다.
나는 10첸테시모짜리 동전 네 개를 꺼냈고, 그의 작업대 위에
올려놓았다.

그는 조그마한 서랍을 열었다. 서랍은 세 칸으로 나뉘어 있
었고, 각 칸에는 10첸테시모짜리와 20첸테시모짜리 동전들이
들어 있었는데, 모두 합해 5~6리라 정도 되었다. 내가 말했다.
"오늘은 벌이가 초라하군요!"

하지만 그는 내 말을 듣고 있지 않았다. 나는 그가 입술을
움직이면서 중얼거리는 것을 보았다. 그는 완전히 몰두해 있었
고, 내가 준 동전을 손가락 사이에서 굴리고 있었다. 그의 중얼
거림이 조금씩 조금씩 커졌다. "빵 네 개. 포도주 네 개……."
그러더니 갑자기 말했다. "그러면 콧수염 있는 사람은?"

그는 조금 더 큰 소리로 다시 시작했다. "콧수염 네 개. 빵

네 개……." 그러고는 갑자기 "그러면 포도주는?" 하고 말했다.

그는 더욱더 큰 소리로 다시 시작했다. "포도주 네 개. 콧수염 네 개……." 그러고는 갑자기 "그러면 빵은?" 하고 말했다.

그래서 내가 말했다. "그런데 왜 모두 함께 넣고 나중에 나누지 않지요?"

"그건 너무나도 위험해요." 칼갈이가 말했다. "언제는 완전히 먹기만 하고, 또 언제는 완전히 마시기만 할 것입니다……." 그는 뒤통수를 긁적거렸다. 그러고는 나에게 10첸테시모를 되돌려주면서, 하늘을 바라보았다. "자, 받아요. 당신한테서 두어 푼 더 받으려고 했는데, 하느님이 원하지 않는군요. 바로 그 두어 푼이 헷갈리게 만들었어요."

나는 웃으면서 그 10첸테시모를 다시 호주머니 안에 집어넣었다. 그는 다시 하늘에서 지상으로 눈길을 돌렸고, 만족스러운 표정으로 남은 동전 세 개를 서랍의 세 칸에 나누었다. "빵 두 개, 포도주 두 개, 콧수염 두 개."

그는 자유롭게 손을 흔들었다. 그리고 낡은 작업 손수레의 손잡이를 움켜쥐고, 이미 기울어진 햇살 속으로 오르막길을 걷기 시작했다.

나는 망설이지 않고 그의 뒤를 따랐다. "위쪽으로 갑니까? 나도 함께 가겠어요."

하지만 만족스럽게 문제를 해결했는데도, 그는 유쾌한 표정이 아니었다. 오히려 슬퍼 보였으며, 말도 하지 않았다. 그는 허공을 바라보며 걸었다. 낡은 허수아비 모자 아래에서 머리를 왼쪽에서 오른쪽으로, 오른쪽에서 왼쪽으로 흔들며 걸었다. 진짜 허수아비 같았다. 검은 얼굴, 반짝이는 눈, 야윈 몸에 커다란 입, 덕지덕지 기운 겉옷, 찢어진 바지, 누더기 신발, 그리고 긴 다리와 팔꿈치의 딱딱한 동작으로 인해 완전한 허수아비였다.

"용서해 주십시오." 그는 갑자기 말했다. "당신이 이방인이기 때문에, 나는 그렇게 할 수 있으리라 생각했지요."

"오, 아무것도 아니에요. 두어 푼 더 있든, 또는 없든……."

그러자 그가 말했다. "누구든 이방인들에게 어떻게 처신해야 하는지 모르는 게 문제지요. 만약 다른 마을에 여덟 푼을 받는 칼갈이들이 있는데, 누군가가 여섯 푼을 받는다면, 아마 그들에게 손해를 주겠지요. 그렇지 않아요?"

그는 약간 후련해졌고, 나는 유쾌해졌다. 우리는 한참 동안 말없이 길을 걸었다. 이미 해는 졌고, 집들의 꼭대기에서 종소리가 들려왔다.

칼갈이는 목청을 가다듬었다. "세상은 아름답지요."

나도 역시 목청을 가다듬었다. "그런 것 같아요."

칼갈이 : "빛, 그림자, 추위, 더위, 행복, 슬픔."

나 : "희망, 자비……."

칼갈이 : "어린 시절, 청년기, 노년기……."

나 : "남자들, 어린이들, 여자들……."

칼갈이 : "아름다운 여자들, 못생긴 여자들, 하느님의 은총, 사기, 정직……."

나 : "기억, 환상."

"아니, 그게 무슨 말이오?" 칼갈이가 소리쳤다.

"오, 아무것도 아니에요." 내가 말했다. "빵, 포도주."

칼갈이 : "소시지, 우유, 염소, 돼지, 암소…… 생쥐."

나 : "곰, 늑대."

칼갈이 : "새, 나무, 연기, 눈······."

나 : "질병, 치유. 알아요, 알아요. 죽음, 죽지 않음과 부활."

"아하!" 칼갈이는 외쳤다.

"뭐라고요?" 내가 물었다.

"이상한 것이지요." 칼갈이가 말했다. "아! 그리고 오! 이! 우! 에!"

나 : "알 것 같아요."

칼갈이 : "세상을 모욕하는 것은 너무 나빠요."

그리고 나는 더 이상 아무 말도 하지 않았다. 나는 칼갈이를 만나기 전, 하늘에 연이 지나가던 때의 생각들로 돌아가 있었다. 이제는 칼갈이가 마치 그 연 같았다. 나는 그를 바라보았고, 걸음을 멈추었다. 그도 역시 걸음을 멈추었고, 나에게 물었다. "미안합니다만, 만약 어떤 사람이 다른 사람을 알게 되어 무척 즐거웠는데, 그를 알게 되어 무척 즐거웠으니까 공짜로 해 주어야 할 일을 해 준 대가로 두어 푼을 받고, 게다가 두어 푼을 더 받았다면, 그렇다면 그 사람은 이 세상의 사람일까요, 아니면 세상을 모욕하는 사람일까요?"

나는 웃음을 터뜨렸다. "아하!" 그건 자연스러운 웃음이었다.

그러자 그가 물었다. "세상을 모욕하는 사람 아닙니까? 이 세상의 사람입니까? 이 세상에 속합니까?"

"아하!" 나는 가볍게 웃었다. 자연스러운 웃음이었으니까.

그러자 그도 웃었다. "아하!"

그는 모자를 벗었고, 인사를 했다. "고맙습니다, 친구." 그리고 다시 웃었다. "아하!"

나는 또다시 웃었다. "아하!"

그러자 그가 말했다. "때때로 사람들은 세상에 대한 모욕과, 세상의 사소함을 혼동하기도 하지요."

그러고는 또다시 나의 귀에 대고 말하기 시작했다. "만약 칼과 가위들이 있다면……."

그는 1~2분 동안 내 귀에 대고 말했다. 하지만 나는 그의 귀에 대고 말하지 않았다. 지금은 나 대신, 마치 나의 연이 말하고 있는 것 같았다.

35장

우리는 마을의 매우 높은 곳, 일종의 광장 같은 곳에 이르렀다. 이제 더 이상 햇살도 없었고, 염소들의 방울 소리도, 피리 소리도 없었고, 어머니도 없었고, 여자들도 없었다. 칼갈이는 나에게 어느 가게를 가리켰다.

"송곳을 가진 사람을 알고 싶으세요?" 그는 나에게 물었다.

가게의 아치형 돌 문 위에는 나무로 만들어져 채색된 말〔馬〕의 머리 형상이 솟아 있었다. 그리고 입구의 양쪽 측면, 문설주, 열린 덧문들 위에는 밧줄들, 가죽들, 다채로운 깃털들, 장식물들, 방울들이 매달려 있었다.

칼갈이는 자기 손수레를 광장에 놔두고, 내 앞으로 문지방을 뛰어넘었으며, 나를 데리고 안으로 들어갔다. "에제키엘레! 에제키엘레!" 그는 소리쳤다.

내부는 긴 복도였으며, 안쪽은 어두웠다. 가게 밖과 마찬가지로 밧줄들과 가죽들, 장식물들, 방울들, 깃털들, 고삐들, 안

장들, 그리고 온갖 종류의 승마용 마구(馬具)들과 장식들이 양
쪽 벽과 심지어 천장에까지 매달려 있었다.

　"에제키엘레!" 앞으로 나아가는 동안 칼갈이는 또다시 소리
쳤다.

　우리 뒤에서 누군가가 달려왔고, 가볍게 우리와 부딪쳤고,
우리를 지나 앞으로 나갔다. 그리고 어느 소년의 목소리가 터
져 나왔다.

　"칼로제로예요, 에제키엘레 삼촌!"

　우리는 좁은 통로를 통해 승마용 마구들과 장식들, 안장들,
고삐들, 채찍들 사이로 나아갔다. 이제 우리는 완벽한 어둠 속
에서 더듬거리며 나아갔다. 우리는 시칠리아의 순수한 심장부
로 내려가고 있었다. 그 우리들 심장부의 냄새는 좋았고, 그 보
이지 않는 밧줄과 가죽들 때문에, 마치 새로운 먼지로 된 듯한
흙의 냄새였다. 하지만 지상에서 벌어지는 세상의 모욕들에 아
직은 오염되지 않은 냄새였다. 나는 생각했다, 아하, 만약 정말
로 이것을 믿는다면……. 그리고 그것은 지하로 내려가는 것이
아니라, 오히려 눈으로 연을 바라보면서 연의 궤적을 따라가는
것 같았다. 따라서 다른 것은 없고 단지 어둠뿐이었으며, 어린
시절 시칠리아의, 온 세상의 심장부로 가는 것 같았다.

　하지만 마침내 우리 앞에 조그마한 불빛이 보였다. 불빛은
희미한 여명이 되었고, 어떤 사람의 형태가 드러났다. 그는 고
삐들과 채찍들이 쌓인 조그마한 탁자 앞에 앉아 있었고, 천장
에 매달린 고삐들과 채찍들의 그림자가 머리 위에 드리워 있
었다.

　"에제키엘레!" 칼갈이가 불렀다.

사내는 몸을 돌렸고, 통통한 얼굴이 보였다. 그의 조그마한 눈은 반짝거렸으며, 마치 이렇게 말하는 것 같았다. '그래, 나의 친구여, 세상은 모욕당했지만, 아직 이곳은 그렇지 않아!' 조화로운 목소리로 그는 말했다. "송곳이 필요한가, 칼로제로?"

그러고는 나를 보았다. 그의 조그마한 눈이 커졌고, 염려스러운 표정이 되었다. 마침내 칼갈이가, 나의 연이 말했다. "오늘 저녁에는 송곳이 필요 없어, 에제키엘레! 칼날을 갖고 있는 이 친구를 발견했어."

"아, 정말이야?" 사내는 소리쳤고, 일어섰다. 키가 작고 온몸이 통통했으며, 금발의 곱슬머리에다 뺨에는 깊은 주름살이 패어 있었다. 그의 조그마한 눈은 다시 생생해졌고, 마치 '세상은 모욕당했지만, 아직 이곳은 그렇지 않아.' 하고 말하는 듯했다.

그는 밧줄과 장식물들과 가죽들의 커튼 아래에서 아마 의자를 찾는 모양이었다. 사방에서 방울 소리들이 들렸고, 그는 아무것도 찾지 못한 채 다시 앉았다.

"내게는 커다란 즐거움이라고 그에게 말해 줘." 그는 칼갈이에게 말했다.

탁자 곁에는 천장에 매달린 장식물들 사이로 난 나무 계단이 있었고, 칼갈이는 한 손을 계단에 기댔다. "그에게도 커다란 즐거움이야." 칼갈이는 대답했다.

"정말로 커다란 즐거움이지요." 내가 말했다.

그러자 사내는 웃으면서 나를 살펴보았고, 나에게 즐거움을 줬다고 확신하는 모습이었다. 내가 그렇게 말했기 때문이 아니라, 칼갈이가 그렇게 말했기 때문이었다. 그는 계속해서 칼갈이와 이야기했다. "눈에 보이는 것 같아." 그는 여전히 나를 살펴보면서 말했다.

"나도 곧장 알아보았지." 칼갈이가 말했다. "틀림없어."

그러자 에제키엘레라는 사내가 말했다. "그래, 틀림없어."

칼갈이가 말했다. "그는 괴로워하고 있어."

에제키엘레라는 사내: "그래, 괴로워하고 있어."

칼갈이: "그가 괴로워하는 것은, 모욕당한 세상의 고통 때문이지. 자기 자신 때문이 아니야."

에제키엘레라는 사내: "물론 자기 자신 때문이 아니야. 하지만 모두들 자기 자신 때문에 괴로워하지."

칼갈이: "하지만 이제는 칼들도 없고, 가위들도 없어. 전혀 아무것도 없어……."

에제키엘레라는 사내: "아무것도 없어. 그 누구도 아무것도 몰라. 그 누구도 아무것도 깨닫지 못해……."

두 사람은 입을 다물었고, 서로를 바라보았다. 에제키엘레라는 사내의 눈은 슬픔으로 가득 차 있었고, 칼갈이의 눈은 검은 얼굴 속에서 마치 놀란 듯 더욱더 하얗게 빛났다.

"아!" 칼갈이가 말했다.

"아!" 에제키엘레라는 사내가 말했다.

그러더니 두 사람은 조그마한 탁자 위로 가까이 서로의 몸을 숙였고, 서로 귀에다 대고 말했다. 그런 다음 칼갈이는 몸을 일으키면서 말했다. "하지만 우리 친구는 조그마한 칼날을 갖고 있어. 그가 괴로워하는 것은 모욕당한 세상의 고통 때문이야."

"그래." 에제키엘레라는 사내가 말했다. 그는 나를 바라보았다. 그의 조그마한 눈은 슬프게 반짝이고 있었으며, 마치 이렇게 말하는 것 같았다.

'많이, 아주 많이 모욕당했어요. 세상은 많이, 아주 많이, 모욕당했어요. 우리 자신이 알고 있는 것 이상으로.'

그러고는 또다시 몸을 돌려 칼갈이를 바라보았다.

"우리가 어떻게 괴로워하고 있는지 그에게 말했나?" 그는 물었다.

"이제야 말하기 시작했지." 칼갈이가 대답했다.

그러자 에제키엘레라는 사내가 말했다. "좋아, 우리는 우리 자신 때문에 괴로워하는 것이 아니라고 그에게 말해 줘."

"그건 알고 있어." 칼갈이가 대답했다.

에제키엘레라는 사내 : "우리는 우리 자신 때문에 괴로워할 것이 전혀 없다고, 어깨에 짊어진 불행도 없고, 굶주림도 없다고 말해 줘. 그런데도 우리는 많이, 아주 많이 괴로워하고 있다고!"

칼갈이 : "그건 알고 있어! 그건 알고 있어!"

에제키엘레라는 사내 : "그에게 물어봐. 정말로 그걸 알고 있는지."

칼갈이 : "당신은 정말로 알고 있지요?"

나는 고개를 끄덕였다. 그러자 에제키엘레라는 사내는 일어섰고, 손바닥을 치면서 불렀다. "아킬레 조카!"

빽빽한 장식물들 사이에서, 바로 복도에서 우리와 부딪쳤던 소년이 나타났다. 에제키엘레라는 사내는 소년에게 말했다. "왜 너는 여기서 우리의 말을 듣지 않는 거니?"

소년은 매우 작았으며, 삼촌처럼 금발 곱슬머리였다. "듣고 있었어요, 에제키엘레 삼촌." 소년이 대답했다.

에제키엘레라는 사내는 고개를 끄덕였고, 또다시 칼갈이에게로 몸을 돌렸다.

"그러니까 자네 친구는, 모욕당한 세상의 고통 때문에 우리가 괴로워한다는 것을 알고 있군."

"알고 있지." 칼갈이가 말했다.

에제키엘레라는 사내는 간략하게 요약하기 시작했다. "세상은 크고 아름답지만, 많은 모욕을 당했어요. 모두들 각자 자신 때문에 괴로워하면서도, 모욕당한 세상 때문에 괴로워하지는 않아요. 그래서 세상은 계속해서 모욕을 당하고 있지요."

그는 말하면서 주위를 둘러보았다. 그의 조그마한 눈은 슬픔 속에 닫혔다가, 생생해지더니 칼갈이를 찾았다. 그리고 말했다. "우리 친구에게 말했나? 내가 모욕당한 세상의 고통들에 대해 글을 쓰고 있다는 것을?"

실제로 조그마한 탁자 위에는 일종의 공책과 잉크병, 펜이 있었다.

"그것을 말했나, 칼로제로?" 그가 말했다.

칼갈이는 대답했다. "지금 말하려던 참이었어."

그러자 그가 말했다. "좋아, 우리 친구에게는 말해도 돼. 옛날의 은둔자처럼, 나는 여기에서 이 종이들과 함께 나날들을 보내고, 또 모욕당한 세상의 역사를 쓰고 있다고 그에게 말해 줘. 나는 괴로워하지만, 글을 쓰고 있다고, 모든 모욕들을 하나하나 쓰고 있다고, 또 이미 이루어졌거나 앞으로 이루어질 모욕들 때문에 웃고 있는 모든 모욕적인 얼굴들에 대해서도 쓴

다고 말해 줘."

"칼들, 가위들, 곡괭이들." 칼갈이가 소리쳤다.

그러자 에제키엘레라는 사내는 한 손을 소년의 머리 위에 올려놓았고, 나를 가리켰다. "이 우리의 친구를 보아라. 네 삼촌처럼 그도 괴로워하고 있단다. 모욕당한 세상의 고통 때문에 괴로워하고 있단다. 아킬레 조카야, 너도 배워라. 나는 이 친구와 칼로제로와 함께 콜롬보 술집에 포도주를 한잔 마시러 갈 테니까, 이제 네가 가게를 돌보아라."

36장

그렇게 해서 우리는 다시 밖으로 나왔다. 대기는 갈색으로 희미했고, 저녁 기도 종소리가 울렸다.

칼갈이는 작업 손수레의 손잡이를 움켜잡고 밀면서 걷기 시작했다. 나는 그와 함께 걸었고, 에제키엘레라는 사내는 목도리에 둘러싸인 채 조그마한 모습으로, 조그마한 걸음걸이로 우리 둘 사이에서 걸었다.

'세상은 많이 모욕당했어요! 세상은 많이 모욕당했어요!' 그의 조그마한 눈이 슬픈 표정으로 주위를 둘러보며 말했다. 그러다가 그의 눈이 칼갈이의 손수레 위에 멈추었다.

"무슨 일이야, 칼로제로? 자네 손수레 위에?" 그는 걸음을 멈추며 말했다.

"무슨 일인데?" 칼갈이도 역시 걸음을 멈추며 말했다.

"종이가 붙어 있어요." 내가 말했다.

그러자 칼갈이는 고함을 질렀다. "빌어먹을! 또 그랬어!" 그는 고함을 질렀다.

"또 벌금이야?" 에제키엘레라는 사내가 물었다.

그리고 칼갈이는 소리쳤다. "또 그랬어!"

그는 두 팔을 하늘로 들어 올렸고, 두세 번 허공으로 펄쩍 뛰었고, 손을 물어뜯었고, 허수아비 모자를 벗어 땅바닥에 내동댕이쳤다. "하지만 그렇게…… 하지만 그렇게……."

"한 달에 벌써 세 번째야!" 그는 소리쳤다. "가위들, 송곳들, 칼들, 곡괭이들, 장총들…… 박격포들, 낫들, 망치들…… 대포들, 대포들, 다이너마이트들, 10만 볼트 전기……."

그러자 에제키엘레라는 사내는, 마치 여호수아가 태양을 세웠을 때와 같은 몸짓을 했다.

칼갈이는 걸음을 멈추었다.

"친구여." 에제키엘레라는 사내가 말했다.

"그래, 친구." 칼갈이가 대답했다.

"무엇 때문에 우리는 괴로워하지?" 에제키엘레라는 사내가 말했다.

"무엇 때문에? 모욕당한 인류의 고통 때문이지." 칼갈이는 대답했다.

그러자 에제키엘레라는 사내가 말했다.

"그러니까 우리 자신 때문이 아니지. 모욕당한 세상의 고통 때문이야. 우리 자신 때문이 아니라고……."

그러자 칼갈이가 말했다. "물론, 우리 자신 때문이 아니지."

그러고는 입을 다물었고, 자기 손수레의 손잡이를 움켜잡았고, 다시 밀기 시작했다. 그와 함께 우리 모두 움직이기 시작했다.

"하지만 어떻게 벌금을 내지?" 칼갈이는 투덜거렸다.

그는 무언가 걱정스러운 소리를 들었는지, 또다시 걸음을 멈추었다. 그러고는 자신의 작업대를 흔들었고, 귀를 기울였다.

"동전 소리가 들리지 않아." 그는 말했다.

이제 석양마저 사라지고 거의 어두웠다. 칼갈이의 눈은 검은 얼굴 속에서 하얗게 날이 선 칼날처럼 빛났다. 그는 조그마한 서랍을 열었고, 안을 들여다보았고, 다시 조금 더 열었고, 서랍을 완전히 밖으로 꺼냈고, 뒤집었다. 아무것도 떨어지지 않았다. 그러자 에제키엘레라는 사내가 말했다.

"우리는 우리 자신 때문이 아니라, 모욕당한 세상의 고통 때문에 괴로워하고 있다는 것을 기억해."

"그래, 기억하고 있어." 칼갈이는 투덜거렸다.

그러자 에제키엘레라는 사내가 말했다.

"얼마 있었지?"

칼갈이는 대답했다. "빵이 있었고, 포도주가 있었고, 세금이 있었어. 2리라 30, 2리라 30, 2리라 30, 평범한 벌이였어."

"좋아." 에제키엘레라는 사내가 말했다. "포도주는 지금 나와 함께 콜롬보 술집에서 마실 수 있고, 빵은 자네가 괜찮다면, 오늘 저녁 내 집에서 제공할 수 있네……."

"그래." 칼갈이는 이어서 말했다. "머리는 내 할아버지의 존경할 만한 모자로 덮을 수 있고, 어깨는 내 아버지의 축복받은 겉옷으로 보호할 수 있고, 부끄러운 곳은 오라치오 신부의 바지로 감출 수 있고, 또 발은……. 수많은 미덕들이 있어, 사람들 사이에는 수많은 미덕들이 있지. 또 집으로는 곤잘레스의 암소들과 함께 지내는 따뜻한 집이 있지. 무엇 때문에 사람은 세 가지 일을 하지? 나사렛의 예수가 처방하듯이, 자비로 살아가기 위해서……."

"하지만 여보게." 에제키엘레라는 사내가 말했다. "자네의 돈은 아마 어느 가난한 여행자가 가져갔다고 생각하게……. 아마 그는 오래전부터 먹지도 못하고, 마시지도 못했을 거야. 자네는 그 사람의 굶주림과 목마름을 해결해 준 것으로 만족할 수도 있어."

칼갈이는 잠시 동안 말이 없었다. 그러고는 다시 손수레를 밀기 시작했다. 걸으면서 그는 한숨을 쉬었다. 그리고 걸으면서 말했다.

"맞아! 맞는 말이야! 이런 것들은 우리가 괴로워하는 세상의 모욕들이 아니야. 이런 것들은 가난한 세상 사람들의 사소함일 뿐이야. 아하, 칼들! 아하, 가위들! 세상에는 세상을 모욕하는 다른 것이 있어!"

"물론이야!" 에제키엘레라는 사내가 중얼거렸다.

"물론! 물론이야!" 칼갈이가 소리쳤다. "그리고 사소함이란 사소함일 뿐이야. 세상이라는 둘레 속에서 사람과 사람 사이의 장난일 뿐이야! 누구든지 자기와 비슷한 사람에게 조그마한 장난을 하고, 돌멩이를 던지기도 하지……. 나도 오늘 우리 친구에게 그런 장난을 했어!"

"아, 그래?" 에제키엘레라는 사내가 소리쳤다. 그리고 웃었다.

"그래, 돈 두어 푼의 장난이었지." 칼갈이가 말했고, 그도 역시 웃었다.

나도 역시 웃었다. 칼갈이는 그 장난을 이야기했고, 우리 셋은 마치 어린 친구들처럼 웃었다. "하지만 그 여행자는 세금 낼 돈은 남겨둘 수 있었을 텐데." 칼갈이가 말했다.

여기에서 그는 웃는 것을 멈추었고, 그의 눈은 폭발적인 칼날처럼 하얗게 빛났다.

"아하, 송곳들!" 그는 외쳤다. "그런데 만약 그 여행자가 내게 벌금을 물린 그 개 사냥꾼 순찰 대원이라면? 벌금 고지서가 나타나면서, 동시에 하루의 벌이가 날아간 것이 이번이 처음은 아니야."

에제키엘레라는 사내는 그를 붙잡았고, 한참 동안 그의 팔을 잡고 있었다. 그리고 말했다. "우연이야! 우리를 괴롭히는 세상에 대한 모욕들은 이런 것이 아니야."

37장

　차가운 대기는 청명했다. 종소리들은 더 이상 하늘로 날아 오르지 않았고, 자기 보금자리에서 침묵하고 있었다. 하지만 아직 좁은 길거리의 사물 색깔들을 구별할 수 있었다. 나는 보 았다. 그리고 소리쳤다.

　"봐요! 깃발이에요!"

　"깃발?" 칼갈이가 말했다.

　그러자 에제키엘레라는 사내가 말했다. "무슨 깃발?"

　"저기, 저 문 위요." 내가 말했다.

　그러자 에제키엘레라는 사내가 말했다. "하지만 저건 포르 피리오의 가게요! 포목점이요!"

　나의 두 동료들은 웃었다. 그리고 나는 포목 가게임을 표시 하기 위해 문밖에 천을 내거는 시칠리아의 관습을 기억해 냈 다. 내걸린 천의 색깔은 중요하지 않았다. 초록색일 수도 있었 고, 노란색일 수도 있었고, 파란색일 수도 있었다. 천이 내걸린

곳에 '포목점'이 있다는 것, 천을 판매한다는 것을 의미했다. 그곳의 천은 빨간색이었고, 칼갈이는 나에게 말했다. "그런데 포르피리오는 가위 반쪽을 갖고 있어요."

"아, 그래요?" 나는 말했다.

"그래요." 칼갈이가 말했다. "이따금 송곳 때문에 언제나 에제키엘레를 귀찮게 하기가 미안할 때면, 나는 포르피리오에게 가서 가위를 달라고 하지요."

여기에서 에제키엘레가 제안했다. "아마 우리 친구를 포르피리오에게 소개하는 것이 좋을 것 같군."

"그럴 것 같군." 칼갈이가 말했다.

그들은 나를 가게 안으로 데리고 갔으며, 칼갈이의 작업 손수레는 또다시 길가에 남게 되었다. 가게는 깊숙이 있지 않았으며, 문가의 몇몇 의자 위에 높다란 기둥처럼 쌓아 올린 천들과 함께 일종의 아늑한 침실 같았다.

"어서 들어오시오." 명쾌한 목소리가 어두운 안쪽에서 말했다.

"안녕하시오, 안녕하시오." 내 동료들이 인사했다.

그러자 목소리가 계속했다. "안녕들 하시오. 이제 막 문을 닫으려는 참이었지."

"그런데 천은 밖에 놔두는 거야?" 칼갈이가 말했다.

"아니, 이제 걷어 들여야지." 목소리가 대답했다.

그러자 에제키엘레라는 사내가 말했다. "오늘도 빨간색이로군."

그러자 목소리가 말했다. "그래, 얼마 전부터 빨간색을 내걸었지. 하지만 내일 보라색으로 바꿀 거야."

에제키엘레라는 사내가 말했다. "물론! 세상은 다양하지!"

목소리가 말했다. "다양하지! 아름답지! 커다랗지!"

"그리고 많이 모욕당했어, 많이 모욕당했어!" 에제키엘레라는 사내가 중얼거렸다.

그러자 칼갈이가 말했다. "우리 친구에 대해서 말해 줘, 에제키엘레."

"어떤 친구?" 목소리가 물었다.

그 목소리 뒤에, 어둠 속에서 어느 인간의 형체가 움직였다. 마치 어둠 전체가 움직이는 것 같은, 거대한 거인의 형체였다. 문의 어슴푸레함 속에서 나에게 가까이 다가온 그 거대한 몸집에서 나오는, 따뜻하고 아름다운 목소리가 다시 물었다. "어떤 친구? 여기 이 신사분인가?"

"이 신사분이야." 에제키엘레라는 사내가 대답했다. "포르피리오, 자네처럼, 그리고 칼갈이 칼로제로처럼, 나처럼, 또 지상의 수많은 다른 사람들처럼, 그도 역시 모욕당한 세상의 고통 때문에 괴로워하는 사람이야."

"아하!" 거대한 사내는 외쳤다.

그는 나에게 더욱 가까이 다가왔다. 미지근한 미풍이, 그의 숨결이 내 이마의 머리카락을 흩날리게 했다. "아하!" 그는 또 다시 외쳤다.

위에서부터 그의 커다란 손이 내려왔고, 내 손을 찾아 잡았다. 그것은 무엇보다도 친절한 악수였다. "반갑습니다." 그는 내 머리 위에서 말했다. 그러고는 다른 사람들을 향해 물었다.

"괴로워한다고 했지?"

그의 숨결은 따뜻한 열풍처럼 내 머리카락에 닿았다. 그는 여전히 내 손을 친절한 힘으로 움켜쥔 채 다시 말했다. "반갑습니다······."

"고맙습니다. 별것 아닌데요." 내가 대답했다.

"오!" 사내는 말했다. "별것 이상이지요. 내게는 커다란 영광
입니다."

내가 말했다. "오히려 제가 영광이지요."

사내가 말했다. "아니오, 완전히 제 영광입니다." 그러고는
또다시 다른 사람들을 향했고, 그의 숨결 아래 내 머리카락이
흩날리는 동안 또다시 말했다. "그러니까 이분도 괴로워한다
고?"

"그래, 포르피리오." 에제키엘레라는 사내가 대답했다. "괴로
워하지. 자기 자신 때문이 아니야."

"세상의 사소함 때문이 아니야." 칼갈이가 설명했다. "그에게
벌금을 물렸기 때문도 아니고, 자기와 비슷한 사람에게 조그마
한 장난을 했기 때문도 아니야······."

"그래." 에제키엘레라는 사내가 말했다. "그가 괴로워하는
것은 보편적인 고통 때문이야."

그러자 칼갈이가 말했다. "모욕당한 세상의 고통 때문이지."

어둠 속에서 포르피리오 거인은 이제 나의 머리, 얼굴을 만
졌다. 그리고 또다시 외쳤다. "아하! 알겠어, 놀랍군."

그러자 칼갈이가 소리쳤다. "칼들, 가위들!"

"가위?" 포르피리오 거인이 천천히 반복했다. 그는 거대한
어둠 덩어리였고, 그의 어느 부분에선가 따뜻함이 흘러나와
축복받은 물결처럼 우리들 사이에 흘렀다. 그 위에는 따뜻한
바람, 부드럽고도 깊은 목소리가 흘렀다. "칼들?" 그는 반복했
다. 그리고 깊고도 부드럽게 말했다. "아니야, 친구들. 칼들도

아니고, 가위들도 아니야. 그런 것은 전혀 필요하지 않아. 다만 살아 있는 물이 필요해……."

"살아 있는 물?" 칼갈이가 중얼거렸다.

"살아 있는 물?" 에제키엘레라는 사내 역시 중얼거렸다.

그러자 포르피리오라는 사내가 계속해서 말했다. "자네들에게 수천 번이나 말했는데, 다시 반복하겠어. 오직 살아 있는 물만이 이 세상의 모욕들을 씻을 수 있고, 모욕당한 인류의 목마름을 풀어 줄 수 있어. 그런데 살아 있는 물은 어디 있지?"

"칼들이 있는 곳에 살아 있는 물이 있지." 칼갈이가 대답했다.

"세상을 위한 고통이 있는 곳에 살아 있는 물이 있어." 에제키엘레라는 사내가 말했다.

이제 우리는 밤의 어둠 속에 잠겼고, 목소리들을 낮추었다. 누구도 우리가 말하는 것을 들을 수 없었을 것이다. 우리는 가까이 머리를 맞대었고, 포르피리오라는 사내는 마치 커다란 검정 세인트버나드 개처럼 자기 자신과 모두를 따뜻한 털로 감싸고 있는 것 같았다. 그는 오랫동안 살아 있는 물에 대해 말했다. 그리고 에제키엘레라는 사내가 말했고, 칼갈이가 말했다. 말들은 어둠 속의 어둠이었고, 우리는 그림자들이었다. 나는 마치 영혼들의 비밀 집회장에 들어간 것 같았다. 그러다가 포르피리오라는 사내의 목소리가 다시 높아졌다. "자, 가세. 콜롬보 술집에서 자네들에게 포도주를 한잔 대접하겠네." 그리고 그는 문 앞에 내걸었던 천을 거두고 문을 닫았으며, 자신의 따뜻한 물결 속에 휩싸인 우리를 길거리로 안내했다.

38장

콜롬보 술집 안에 들어섰을 때에야 그는 몸의 윤곽과 색깔을 되찾았다. 그는 키가 2미터, 너비가 1미터 정도는 되었으며, 갈색 털에 뒤덮였고, 머리에는 희고 검은 머리카락이 가득했고, 눈은 파랬으며, 수염은 밤색이었고, 손은 붉었다. 정말로 그는 시선이 너그러운 커다란 세인트버나드 개였다.

"안녕하시오, 콜롬보!" 그는 들어서면서 말했다.

칼갈이의 손수레도 역시 우리와 함께 들어갔다. 술집은 아세틸렌 불빛으로 밝았고, 사람들은 「성녀 붐빌라의 피」*를 노래하고 있었다.

카운터 너머의 콜롬보는 해적처럼 노란색 손수건을 머리에 두른 남자였다.

"헤이." 그는 대답했다.

---

* 비토리니가 지어낸 노래 이름이다.

그러자 에제키엘레라는 사내가 말했다. "포도주. 이분들은 모두 내 손님이오."

"자네 손님?" 포르피리오라는 사내가 부드럽게 항의했다. "내가 모두를 초대한 거야."

노래하는 사람들은 벽에 맞닿은 긴 나무 벤치에 앉아 있었는데, 앞에 탁자도 없었다. 모두들 손에는 손잡이 달린 조그마한 철제 잔을 들고 있었으며, 머리와 몸통을 동시에 흔들면서 노래를 했다. "하지만 내가 먼저 그들을 초대했어." 에제키엘레가 설명했다.

"자 여기, 포도주요." 콜롬보가 말하면서, 가득 채운 네 잔을 카운터 위에 올려놓았다. 그러고는 미소를 지으면서 덧붙였다. "이번 것은 에제키엘레 씨의 초대가 될 수 있지요. 그런 다음에 포르피리오 씨의 초대가 될 수도 있어요."

"물론." 에제키엘레라는 사내가 말했다.

"알겠어, 고마워." 포르피리오라는 사내가 말했다. 그러고는 자신의 잔을 들었다. "영광이로군."

에제키엘레라는 사내는 고개를 숙였다. 나도 역시 고개를 숙였다. 그러자 칼갈이가 소리쳤다. "만세!"

그 술집에는 탁자도 없이 한가운데에 화로가 하나 놓여 있었고, 그 곁에는 시골 청년 두 명이 웅크린 채 손에 불을 쬐고 있었다. 콜롬보는 통에서 포도주를 따랐고, 새로이 잔들을 채웠다. 사람들은 나무 벤치 위에서 흔들리며 천천히 노래를 불렀고, 바닥과 벽, 어두운 천장에서는 포도주 속에서 오랫동안 축적된 포도주 냄새가 퍼져 나오고 있었다. 포도주의 모든 과거가 사람 속에, 우리 주위에 퍼져 있었다.

"무엇 만세야?" 에제키엘레라는 사내가 물었다.

"이것 만세!" 칼갈이는 자기 잔을 들어 올리면서 대답했다.

"이것?" 포르피리오라는 사내가 말했다. "이것이 뭐야?"

그는 포도주를 마셨고, 모두들 마셨고, 나도 마셨다. 텅 빈 잔들은 카운터의 젖은 아연판 위에서 소리를 냈다. 콜롬보는 통에서 새로운 포도주를 꺼내 왔다.

"세상." 칼갈이는 소리쳤다. "땅, 숲, 또 숲 속의 난쟁이들. 아름다운 여자, 태양, 빛, 밤, 낮, 꿀의 향기, 사랑, 행복, 노동. 그리고 모욕 없는 졸음, 모욕 없는 세상."

"성녀 붐빌라의 피……." 나무 벤치의 사람들이 쉰 목소리로 노래했다.

우리는 두 번째 잔을 마셨고, 노래는 귀머거리 벽과 대기에 닿았다. "나는 그렇게 생각하지 않아." 포르피리오라는 사내가 말했다.

"하지만." 에제키엘레라는 사내가 말했다.

"아니야, 살아 있는 물이 필요해." 포르피리오라는 사내가 말했다.

"헤이, 살아 있는 물!" 술집 주인 콜롬보가 소리쳤다. "여기 살아 있는 물이 있어요! 이것은 살아 있는 물이 아니오? 자, 드세요, 행복, 삶, 살아 있는 물……."

포르피리오라는 사내는 커다란 머리를 흔들었지만, 포도주를 마셨고, 모두들 마셨고, 나도 마셨다. 화로 곁의 두 시골 청년은 탐욕스러운 눈길로만 마셨고, 나무 벤치의 사람들은 빈 술잔 속에서 노래했다. 칼갈이는 계속해서 말했다. "나무들, 신선한 무화과 열매들, 소나무 잎사귀들, 영광스러운 가슴속의 별들, 몰약(沒藥)과 향, 깊은 바다의 인어들. 자유로운 다리, 자유로운 팔, 자유로운 가슴, 자유로운 바람결의 머리카락들과 털들, 달리기와 자유로운 투쟁, 우! 오! 아!"

"아 아아아! 아 아아아! 아 아아아?" 나무 벤치의 사람들이 노래했다. "아! 아!" 화로 곁에 앉은 두 청년이 말했다. 다른 사람들이 들어왔다. 콜롬보는 "헤이." 하고 소리쳤고, 포도주를 부었고, 자기도 마셨다. 어두운 천장 아래에는 오랜 세월 동안 벌거벗은 포도주뿐이었고, 벌거벗은 사람들은 포도주의 모든 과거, 포도주의 벌거벗은 냄새, 포도주의 벌거벗음 속에 젖어 있었다.

"자, 마셔요, 친구!" 칼갈이는 나에게 말했고, 세 번째 잔을 내밀었다.

그러자 포르피리오라는 사내가 말했다. "우리 친구는 이방인이야."

"그래, 이방인이지." 에제키엘레라는 사내도 말했다. "칼로제로가 맨 처음으로 그를 알았지."

"그는 칼날을 갖고 있어." 칼갈이는 소리쳤다. "그는 살아 있는 물을 갖고 있어. 그는 모욕당한 세상 때문에 괴로워하고 있어. 세상은 크고, 세상은 아름답고, 세상은 새야. 또 세상은 우유, 황금, 불, 천둥, 홍수를 갖고 있어. 살아 있는 물을 가진 사람에게 살아 있는 물을!"

"여기에 살아 있는 물이 있소." 콜롬보가 말했다. 그도 역시 마셨으며, 그도 역시 벌거벗은 포도주 속에서 벌거벗고 있었으며, 바로 포도주 샘물의 난쟁이였다.

"나는 그렇게 이방인이 아니오." 나는 포르피리오라는 사내에게 말했다.

"그렇게?" 에제키엘레라는 사내가 말했다.

"그렇게라니?" 포르피리오라는 사내가 말했다.

나는 세 번째 잔을 천천히 마시면서, 그렇게 이방인이 아니라고 설명했다. 에제키엘레라는 사내의 조그마한 눈이 만족감으로 반짝거렸다.

"아하! 그것 봐요!" 포르피리오라는 사내가 소리쳤다.

"페라우토 부인의 아들이라는 것을 몰랐소?" 난쟁이 콜롬보가 말했다.

그러자 칼갈이가 소리쳤다. "페라우토 부인은 많은 칼을 갖고 있어. 페라우토 부인 만세!" 모두들 세 번째 잔의 바닥을 비웠다. 나 혼자만 절반 정도 마셨다. 그러자 칼갈이는 그 절반을 땅바닥에 부어 버리더니 자기들과 함께 네 번째 잔을 마셔야 한다고 말했다.

"나는 당신의 외할아버지를 알고 있지요." 포르피리오라는 사내가 말했다.

"그분을 모르는 사람이 누가 있어?" 칼갈이가 소리쳤다. "그분은 살아 있는 물을 갖고 있었지."

"그래." 포르피리오라는 사내가 말했다. "그는 우리와 함께 이곳에 와서, 함께 마시곤 했지……."

"대단한 술꾼이었지." 난쟁이 콜롬보가 말했다.

벽에 맞닿은 나무 벤치의 사람들은 이제 슬픈 어조로 「성녀 붐빌라의 피」를 노래했다. 여전히 머리와 몸통을 흔들며 노래했다. 그들은 포도주의 벌거벗은 자궁 속에서 슬프게 벌거벗은 상태였다.

"그도 역시 모욕당한 세상 때문에 괴로워했지." 에제키엘레라는 사내가 말했다.

"모욕당한 세상? 모욕당한 세상이라니?" 포도주의 난쟁이가 뻔뻔스럽게 말했다.

"나는 당신의 아버지도 알고 있소." 포르피리오라는 사내가 말했다.

"우리는 모두 친구들이었어요." 에제키엘레라는 사내가 덧붙였다. "그는 시인이었고, 셰익스피어의 배우였어요. 맥베스, 햄릿, 브루터스* ……한번은 우리에게 공연을 해 주기도 했어요."

"아하, 정말 멋진 기회야." 칼갈이가 소리쳤다. "칼들, 쇠스랑들! 빨갛게 달군 쇳덩어리들!"

모두들 네 번째 잔을 마셨다. 단지 나 혼자만 내 잔을 그대로 손에 들고 있었고, 포도주 앞에서 내 아버지에 대한 이야기에 귀를 기울였다.

"우리는 함께 이곳에 마시러 오곤 했지요." 포르피리오라는 사내가 말했다.

그러자 뻔뻔스러운 난쟁이가 말했다. "바로 여기에서 공연을 했지요. 그는 빨간 망토를 가지고 왔고, 나에게는 덴마크의 왕**을 하라고 말했어요."

"나에게는 폴로니어스*** 역할을 하라고 했지요." 에제키엘레

---

* 라틴어 발음으로는 브루투스(Marcus Junius Brutus(기원전 85~42)). 셰익스피어의 비극 『줄리어스 시저』(라틴어 발음으로는 『율리우스 카이사르』)에 나오는 등장인물로 카이사르 암살의 주동자였다.
** 『햄릿』의 등장인물 클로디어스(Claudius)를 가리킨다.
*** Polonius. 『햄릿』의 등장인물이다.

라는 사내가 겸손하게 말했다. 그리고 덧붙였다. "아! 그는 모욕당한 세상 때문에 무척이나 괴로워했지!"

여기에서 칼갈이가 다시 소리쳤다. "만세!"

그러자 포르피리오라는 사내가 다시 물었다. "무엇 만세?"

"만세! 만세!" 칼갈이는 소리쳤다.

"만세!" 어느 술 취한 사람이 외쳤다.

"만세!" 다른 술 취한 사람이 외쳤다.

"만세!" 에제키엘레라는 사내가 겸손하게 중얼거렸다.

"만세, 만세, 만세!" 나무 벤치에서 몸을 흔들던 사람들이 슬프게 노래했다. 그렇게 해서, 자신의 개인적인 번뇌 때문에 괴로워하는 사람들과, 모욕당한 세상의 고통 때문에 괴로워하는 사람들이 포도주의 벌거벗은 무덤 속에 함께 있었다. 그들은 마치 이 세상에서 떠난 괴롭고 모욕당한 영혼들처럼 보였다.

화로 곁의 땅바닥에 서 있는 두 청년은 포도주도 없이 울고 있었다.

39장

"나와 내 친구들에게 한 잔씩 더." 포르피리오라는 사내가
주문했다.

그는 몸을 감쌌던 거대한 털옷의 단추를 풀고 사지를 드러
내고 있었다. 에제키엘레라는 사내는 뒤집어썼던 목도리를 풀
었다. "이게 마지막 잔이 될 거요. 하지만 또 다른 한 잔이 될
거요." 포르피리오라는 사내가 말했다.

그는 이미 여섯 잔을 마셨고, 에제키엘레와 칼갈이는 다섯
잔을 마셨다. 나는 여전히 네 번째 잔을 들고 있었지만, 잔은
아직 거의 가득 차 있었다. 포르피리오는 거대한 몸집에다 붉
은 손과 얼굴, 밤색과 하얀색 수염, 검은색과 하얀색 머리카락
과 함께 그 포도주의 지하 세계에 군림하고 있었다. 그는 사람
이었고, 난쟁이 콜롬보처럼 포도주에 속하지 않았으며, 포도주
안에, 자신의 또 다른 정복지 안에 거주하는 위대한 정복자이
자 왕이었다.

하지만 그는 포도주가 살아 있는 물이라는 것을 부정했고, 세상을 잊지 않았다. "환상에 빠지지 말아, 환상에 빠지지 말아." 그는 말했다.

"무엇을?" 칼갈이가 말했다.

그러자 에제키엘레라는 사내는 갑자기 당황한 표정으로 자신의 조그마한 눈을 돌려 주위를 둘러보았다. '아니야!' 하고 그의 눈이 말하는 것 같았다. 그러자 포르피리오라는 사내는 자신의 일곱 번째 술잔의 손잡이를 붉은 손으로 움켜잡은 채, 포도주가 있는 곳에는 세상의 사소함들이 없다고 안심시켰다.

"하지만 세상의 모욕들은? 세상과 인류에 대한 무서운 모욕들은?" 에제키엘레라는 사내가 물었다.

반복해서 말하지만, 나는 아직도 네 번째 잔이었다. 무엇인가가 나로 하여금 그 네 번째 잔에서 멈추도록 했고, 나는 더 이상 마실 수가 없었다. 나는 바닥 없는 포도주의 황량한 벌거벗음 속으로 감히 들어갈 수 없었다.

"자, 마셔요, 친구." 포르피리오라는 사내가 나를 부추겼다.

나는 마시려고 노력했고, 입술 사이로 한 모금 홀짝거렸다. 그렇게 입술 사이에서 포도주 그 자체는 좋은 것처럼 느껴졌다. 하지만 나는 마실 수 없었다. 인간의 모든 과거를 거쳐 온 포도주는 내 몸속에서, 대지와 여름이 짜낸 살아 있는 사물이 아니라, 오랜 세월의 동굴들이 짜낸 슬프고 슬픈 환영처럼 느껴졌다. 그리고 모욕당한 세상에서 다른 무엇이 될 수 있단 말인가? 수많은 세대와 세대들이 포도주를 마셨고, 포도주 안에 자신들의 고통을 부어 넣었으며, 포도주 안에서 벌거벗음을 찾았으며, 한 세대는 다른 세대를, 지나간 다른 세대들의 황량한 포도주의 벌거벗음을, 그 안에 담긴 모든 고통을 마셨다.

"성녀 붐빌라의 피." 나무 벤치의 슬픈 사람들이 노래했다.

이제 술집 안의 사람들은 모두 고개를 숙이고 있었으며, 모두들 슬펐다. 칼갈이는 폭발적인 눈과 함께 슬펐다. 에제키엘레는 놀란 눈으로 슬펐고, 모욕당한 세상의 모습들을 다시 보듯 두려움 속에서 주위를 둘러보았다.

그는 바로 셰익스피어 연극을 하는 내 아버지 앞의 폴로니어스였다. 그렇다면 포르피리오라는 사내는? 햄릿이 된 내 아버지 앞에서 포르피리오라는 사내는 무엇이 되었을까? 그는 유일하게 환상에 빠지지 않았기 때문에, 유일하게 정신이 맑은 사람이었다. 그런데도 그는 책임을 지고 있었다. 그는 바라보았다. 나를, 에제키엘레를, 칼갈이를, 카운터 앞에 서 있는 술 취한 사람들을, 화로 곁의 땅바닥에 앉아 울고 있는 두 청년을, 나무 벤치에서 노래하는 사람들을. 그들은 나무 벤치에서 고개를 흔들면서 슬프게 노래하고 있었다. 울 때 고개를 흔드는 사람들처럼 고개를 흔들고 있었다. 그리고 그들의 노래는 목이 쉰 탄식이었다……. 포르피리오라는 사내는 오랫동안 그들을 바라보더니, 또다시 에제키엘레를, 나를, 칼갈이를 바라보았고, 저녁 내내 아무것도 마시지 않은 채 울고 있는 두 청년을 바라보았다. 나는 생각했다. 아마도 그는 우리를, 수많은 사람들을 자신의 신하처럼 그 황량한 지하의 정복지로 끌고 왔다고. 하지만 그는 정신이 맑았으며, 난쟁이 콜롬보와의 초자연적인 관계 속에서 홀로 고립되어 있었다.

그는 더 이상 아무도 바라보지 않았고, 그의 얼굴은 웃고 있었다. 눈앞에는 포도주의 난쟁이 콜롬보의 벌거벗은 행복만

보일 뿐이었다. 그리고 그는 포도주의 자궁 속에 누웠고, 벌거 벗은 채 행복한 잠 속에 빠졌다. 비록 서 있었지만, 그는 옛날 에 웃으면서 잠들어 인간의 오랜 세월 동안 잠을 자고 있는, 포도주에 취한 노아 아버지였다.

나는 그를 알아보았고, 술잔을 내려놓았다. 내가 믿고 싶었 던 것은 그것이 아니었다. 그곳에는 세상이 없었다. 나는 술집 을 떠났고, 조그마한 거리를 가로질렀고, 어머니가 살고 있는 곳에 이르렀다.

40장

집은 계곡을 향해 층층이 늘어선 지붕들의 경사지 가장자리에 있었다. 나는 외부 계단을 올라갔고, 층계참에 이르렀다. 나는 알고 있었다. 나에게는 들어갈 곳도 없고, 먹을 것과 잠자리를 찾을 필요도 없고, 차라리 기차 안에 있는 것이 더 나았으리라는 것을. 그리고 나는 멈췄다.

추위는 강렬했고, 아래쪽과 위쪽으로 불빛들이 네다섯 개씩 조그마한 무리를 지어 흩어져 있었다. 대기는 청명했다. 하늘에는 외따로 떨어진 커다란 별 하나가 얼음장처럼 빛나고 있었다.

밤이었다. 시칠리아와 평온한 대지 위에 내려앉은 밤이었다. 모욕당한 세상은 어둠으로 뒤덮였고, 사람들은 불빛과 함께 방 안에 틀어박혀 있었고, 죽은 자들, 모든 살해당한 자들은 무덤에서 일어나 앉아 사색에 잠겨 있었다. 나는 생각했다. 위대한 밤은 내 몸속에서 한밤중이었다. 아래쪽과 위쪽의 저 불빛들, 어둠 속의 저 추위, 하늘의 저 얼음장 같은 별은 단 하나의 밤이 아니라, 무한하게 많은 밤들이었다. 그리고 나는 생각했다. 내 외할아버지의 밤들, 내 아버지의 밤들, 노아의 밤들을 생각했고, 포도주 속에서 벌거벗고 무기력한, 모욕당한 남자의 밤들, 어린아이나 죽은 자보다 못한 남자의 밤들을 생각했다.

5부

41장

그러자 내 머릿속에는 '멋진 부인들'의 거리가, 그곳에서 가까운 거리가 시칠리아에서 특히 밤에 활동한다는 사실이 떠올랐다. 그 거리는 바로 '영혼들'을 의미했다.

벌거벗고 무기력한 남자는 밤이면 그곳에 가서 '영혼들', '사악하고 멋진 부인들'을 만나곤 했다. 그녀들은 그를 귀찮게 하고 조롱하고 또 짓밟기도 하는, 인간 행위의 모든 유령들이었고, 과거에서 나온, 세상과 인류에 대한 모욕들이었다. 죽은 자들이 아니라, 유령들이었다. 지상 세계에 속하지 않는 것들이었다. 그리고 포도주나 다른 것 때문에 무기력해진 남자는 대개 그녀들의 희생자가 되곤 했다.

남자들은 스스로 왕들, 영웅들이라 말하곤 했다. 그러고는 벌거벗은 양심을 침범하도록 방치했으며, 옛날의 모욕들을 영광으로 받아들이곤 했다.

그렇지만 누군가는, 셰익스피어 또는 셰익스피어 연극의 내 아버지 같은 누군가는 오히려 그녀들을 소유했고, 그녀들 속으로 들어갔고, 그녀들 안에서 곰팡이와 꿈들을 일깨웠으며, 그녀들로 하여금 죄를 고백하도록 강요했고, 남자 때문에 괴로워하고, 남자 때문에 울고, 남자를 위해 말하고, 인간의 해방을 위한 상징이 되도록 강요했다. 누군가는 포도주 속에서 그랬고, 또 누군가는 그렇지 않았다. 셰익스피어처럼 위대한 사람은 두려움 없는, 명상적인 자기 밤들의 순수함 속에서 그랬고, 내 아버지처럼 조그마한 사람은 포도주 안에서 지낸 자기 밤들의 어리석은 어둠 속에서 그랬다.

그것이 바로 내 아버지의 잘못이었다. 자신의 포도주 속에서 벌거벗고 미쳐 버린 불쌍한 남자. 징표와 기적들의 사람이 아니라, 자비로운 천으로 몸을 가려야 할 노아 아버지였다.

어쨌든 나는 그것을 몰랐다.

우리가 오랫동안 기다렸던 밤은 창가에 이르렀으며, 나무들도 없고 잎사귀도 없는 황량한 들판을 점령했다. 벌써 공연을 위한 옷으로 갈아입은 아버지가 나타났고, 다른 사람들도 나타났다.

"자, 모두들 준비되었나?" 아버지는 말했다. 그러고는 철도원 공연단 단장으로서 벽에 걸린 자신의 뿔 나팔을 들었다.

소리 없이 우리는,『햄릿』속의 우리는 철도 보수용 핸드카 위에 올라탔다. 어머니는 한가운데에 의자를 놓고 앉았고, 우리는 어머니의 발치에 앉았다. 두 사람이 핸드카를 뒤에서 미는 동안 아버지는 앞에서 운전을 했다. 그렇게 핸드카는 달렸다. 낮에는 철도를 따라 삽과 곡괭이의 일을 위해, 밤에는 햄릿을 위해 달렸다. 두 사람은 잠시 동안 밀었고, 내리막길이 시작되면 그들도 역시 올라탔다. 아무도 말하지 않았으며, 핸드카는 혼자서 달렸다. 겨울이면 정거장의 대합실을 향해 달렸고, 여름이면 야외 공연이 이루어지는 철도의 벌판을 향해, 들판에서 온 농부들 사이로, 횃불과 함성 사이로 달렸다. 철도 침목(枕木)들의 무대 위에 홀린 듯 올라선 아버지와 함께.

아, 그때의 밤이여!

철도 주변에서는 개들이 지평선을 향해 짖었다. 보이지 않는 일곱 하늘들, 은하수의 산들은 재스민 향으로 가득 찼다. 별들은 열 개, 열다섯 개였지만, 우리는 수백만 개 별들의 향기를 느낄 수 있었다. 그리고 아버지는 시작을 알리는 뿔 나팔을 불었다.

그러고는 귓속말로 무엇인가를 통고했고, 소리쳤다. "거기 누구냐?"

바로 우리 앞 철도의 다른 핸드카를 향해 소리친 것이다.

"폴로니어스." 그것이 대답이었다.

아니면 "포틴브라스."* 아니면 "호레이쇼."**가 대답이었다.

모두들 벌거벗고 미쳐 버린 남자들이었으며, 포도주 덕택에 유령들을 갖고 있었다.

"오, 모욕당한 세상! 모욕당한 세상!" 그런 생각에 나는 소리쳤다. 기억의 대답만이 나를 기다릴 뿐이었다. 그런데도 발 아래 땅속에서 대답 하나가 나왔다. 그것은 바로 "에헴!" 하고 말하는 목소리였다.

---

* Fortinbras. 『햄릿』의 등장인물로 노르웨이 왕의 조카다.
** Horatio. 『햄릿』의 등장인물로 햄릿의 절친한 친구다.

42장

'다른 어떤 칼갈이겠지.' 나는 생각했다.

나는 목소리를 찾아 아래를 살펴보았지만, 아무것도 보이지 않았다. 차가운 평온함 속의 불빛들뿐이었다.

"누구요?" 나는 물었다.

"에헴!" 목소리가 또다시 대답했다.

나는 조금 더 잘 찾으면서 살펴보았다. 그리고 나는 그 불빛들이 사람들이 사는 닫힌 방 안의 평범한 불빛들이 아니라는 것을 발견했다. 방 안의 불빛들은 아마 꺼진 것 같았다. 그 새로운 불빛들은 밤의 광활함 속에서 불그스레하게 불타고 있었으며, 철도원들이 계곡 바닥에 놓아둔 등불 같았다. 나는 "에헴!" 하고 말한 자를 찾았다.

"에헴?" 나는 말했다. "에헴?"

"에헴! 에헴! 에헴!" 그 무시무시한 목소리가 대답했다.

나는 그 목소리를 찾아가기로 작정하고 내려갔다. 그리고 나는 그 버려진 등불들 같은 불빛들 사이로 들어갔고, 그것은 죽은 자들의 불빛이라는 것을 발견했다. "아하, 내가 공동묘지에 와 있구나." 나는 말했다.

"에헴!" 목소리가 응답했다.

"당신은 누구요? 시체 매장인이오?" 내가 물었다.

그러자 목소리가 대답했다. "아니오, 아니오. 나는 군인이오."

나는 보려고 노력했다. 목소리는 가깝게 들렸다. 하지만 죽은 자들의 불빛은 주위를 밝게 비추지 못했다. "이상하군!" 내가 말했다.

군인은 웃었다. "이상하다고요?"

"혹시 당신은 여기서 보초를 서고 있는 거요?"

"아니오. 휴식 중이오."

"이곳, 무덤들 사이에서?" 나는 소리쳤다.

"아름답고 편안한 무덤들이지요."

"당신은 아마 죽은 동료들을 생각하러 온 모양이군요."

"아니오. 나는 오히려 산 자들을 생각하지요."

"아하! 사랑하는 연인을 생각하겠군요."

그러자 군인이 말했다. "모든 사람들을 조금씩 생각하지요. 내 어머니와 형제들, 내 동료들, 내 동료들의 동료들, 그리고 「맥베스」의 내 아버지를 생각하지요."

"「맥베스」의 당신 아버지?" 내가 소리쳤다.

"물론이오. 그분은 왕의 역할을 맡곤 했지요, 불쌍한 양반."

"어떻게 그럴 수가?" 내가 소리쳤다.

"오, 그래요! 그들은 신(神)들이 천박한 사람들에게서 싫어

하는 것을 왕에게는 허용한다고 생각하지요."

"하지만 어떻게 그럴 수가? 내 아버지도 그랬는데……." 내가 소리쳤다.

"좋아요. 모든 아버지들이 다 그래요. 그리고 내 형 실베스트로는……."

나는 거의 고함을 지를 뻔했다. "당신의 형 실베스트로?"

"왜 그렇게 소리를 질러요? 실베스트로 형, 어느 불쌍한 소년이 있다는 것은 전혀 이상할 것 없지요."

"아니오. 실베스트로는 바로 내 이름이오."

"그래서요? 이름들은 적고, 사람들은 많지요."

"당신의 형은 서른 살인가요?"

"아니오. 그는 열한 살, 또는 열두 살 소년이오. 짧은 바지에, 머리에는 머리카락이 가득하고, 그리고 사랑에 빠졌지요. 그는 세상을 사랑해요. 지금 이 순간의 나와 같아요……."

"당신 같다고요?" 나는 중얼거렸다.

"그래요. 우리의 사랑에서는 아무것도 우리를 모욕할 수 없어요. 소년인 그와 나……."

"당신은 무엇이라고요?" 나는 중얼거렸다.

군인은 웃었다. "에헴!"

나는 손을 뻗었다. "당신은 어디에 있소?"

"이쪽이오."

나는 손으로 더듬거리며 그쪽으로 갔다. 하지만 아무것도 없었다. 죽은 자들의 어두운 불빛은 이미 내 등 뒤에서 긴 행렬을 이루고 있었으며, 앞에도 또 주위에도 많이 있었다. "당신은 어디에 있어요?" 나는 또다시 물었다.

"이쪽이오, 이쪽이오."

"아, 다른 쪽이라고요?" 내가 소리쳤다.

"물론. 다른 쪽이오."

"아니, 어떻게? 그렇다면 왼쪽이군!" 내가 소리쳤다.

"에헴!"

나는 걸음을 멈추었다. 나는 아마 계곡의 바닥에 와 있는 것 같았다. 죽은 자들의 불빛은 이제 나의 위쪽도 전혀 밝혀 주지 못했다. 나는 소리쳤다. "그런데, 당신은 정말 있는 거요, 아니면 없는 거요?"

그러자 군인이 대답했다. "때로는 나 자신도 나에게 그런 질문을 하지요. 내가 있는가, 아니면 없는가? 어쨌든 나는 기억할 수 있소. 또 볼 수도 있고……."

"무엇을?"

"됐어요. 나는 내 형을 보고, 그와 함께 놀고 싶어요."

"아하!" 나는 소리쳤다. "당신은 열한 살 소년과 함께 놀고 싶어요?"

"왜, 안 되나요? 그는 나보다 더 커요. 나는 일곱 살이고, 그는 열한 살이지요."

나는 소리쳤다. "아니, 어떻게? 일곱 살짜리 군인이라고?"

군인은 한숨을 쉬었고 비난하는 듯한 어조로 말했다. "여기까지 도달하는 데 상당히 괴로웠던 모양입니다."

"여기까지? 군인이 되기까지요?"

"아니오. 일곱 살이 되기까지요. 내 형과 함께 놀기까지 말입니다."

"당신은 지금 당신의 형과 함께 놀고 있어요?"

"그래요. 당신의 허락과 함께, 나는 또한 놀기도 하지요."

"또한? 또 다른 것을 하고 있어요?"

"나는 다른 것을 많이 하지요. 소녀와 이야기도 하고, 포도 넝쿨을 자르기도 하고, 꽃밭에 물을 주기도 하고, 달리기도 하고……"

"오, 당신은 당신이 이 무덤들 사이에 있다는 것을 잊었군요."

"절대 잊지 않았어요. 나는 이곳에서도 아주 잘 지내고 있어요. 아무것도 나를 모욕할 수 없어요……. 여기에서는 나는 평온해요."

"간단히 말해 당신은 행복하군요."

그는 또다시 한숨을 쉬었다. "내가 어떻게 행복할 수 있겠소? 나는 서른 날 전부터 눈과 피의 들판에 누워 있어요."

"무슨 엉뚱한 말을 하고 있는 거요?"

이번에는 군인이 나에게 곧바로 대답하지 않았다. 그래서 나는 그와 나 사이에 있는 거대한 침묵을 잠시 동안 들을 수 있었다. "에헴!" 군인이 말했다.

"에헴!" 내가 말했다.

그러자 군인이 말했다. "당신 말이 맞아요. 미안합니다. 내가 비유적으로 말한 것이었어요."

나는 만족스럽게 숨을 들이켰다. 그리고 또다시 본능적으로 손을 뻗었다. "당신은 어디 있어요?"

"이쪽이오."

43장

처음과 마찬가지로 나는 잠시 동안 왼쪽으로, 오른쪽으로 그를 찾았다. 그러다가 포기했다. "너무 어둡군." 나는 말했다.

"그래요." 그가 대답했다.

나는 어느 무덤 위에 앉았다. 곁에 어느 죽은 자의 불빛과 함께.

"앉는 게 낫겠군요."

"그게 더 낫지요. 더구나 공연이 있으니까요."

"공연이라고? 무슨 공연이요?" 나는 소리쳤다.

"당신은 공연 때문에 온 것이 아니요?"

나 : "나는 공연에 대해서 아무것도 몰라요."

군인 : "오호, 앉으세요. 곧 보게 될 겁니다……. 저기 오는군요."

나 : "누가 오는가요?"

군인 : "그들 모두요. 왕, 반대자들, 승리자들, 또 패배자

들······."

나 : "정말로 말하는 거요? 나는 아무도 보이지 않는데······."

군인 : "아마 어둠 때문일 거요."

나 : "그렇다면 무엇 때문에 공연을 하지요?"

군인 : "공연을 해야 합니다. 그들은 역사에 속하니까요······."

나 : "그러면 무엇을 공연하지요?"

군인 : "그들이 영광을 얻는 행위들이지요."

나 : "아니, 어떻게? 매일 밤?"

군인 : "언제나 하지요. 셰익스피어가 그들의 모든 것을 운문으로 옮기고, 패배자들의 복수를 해 주고, 승리자들을 용서할 때까지 말입니다."

나 : "무엇이라고요?"

군인 : "방금 내가 말했잖아요."

나 : "하지만 그렇다면 무시무시하군요."

군인 : "무섭지요."

나 : "그들이 많이 괴로워하는 모양이군요. 글로 쓰지 않은 카이사르*들, 글로 쓰지 않은 맥베스들 말이오."

군인 : "또 추종자들, 빨치산들, 군인들도 그렇지요······. 우리는 괴로워하고 있답니다."

나 : "당신도 말이오?"

군인 : "그래요."

나 : "아니, 어떻게 당신도?"

군인 : "나도 역시 공연을 하지요."

---

* 영어 발음으로는 시저. 셰익스피어의 비극 『줄리어스 시저』를 암시한다.

나 : "공연을 한다고? 지금 당신은 공연을 하고 있어요?"

군인 : "언제나 하지요. 서른 날 전부터 말입니다."

나 : "하지만 당신은 열한 살 형과 함께 놀고 있다고 말하지 않았어요?"

군인 : "그래요. 또 소녀와 이야기도 하고, 포도 넝쿨을 자르기도 하고, 꽃밭에 물을 주기도 하고……."

나 : "오, 그렇다면?"

군인은 대답을 하지 않았다.

"오, 그렇다면?" 나는 집요하게 물었다.

군인은 대답했다. "에헴!"

"에헴? 왜 에헴이오?" 내가 소리쳤다.

또다시 군인은 대답하지 않았다.

"여보세요?" 내가 불렀다.

"여보세요." 군인이 대답했다.

나 : "나는 당신이 가 버렸는가 걱정했어요."

군인 : "아니오, 나는 여기 있어요."

나 : "당신이 가지 않으면 좋겠어요."

군인 : "나는 가지 않아요."

"좋아요." 내가 말했다.

그리고 나는 망설였다. 다시 한 번 나는 정확히 말했다. 또다시 한 번 나는 망설였다. 또다시 한 번 정확히 말했다. 마침내 나는 물었다. "그것은 보기 흉한 것인가요?"

"아, 그래요." 그는 대답했다. "묶인 노예, 매일 눈과 피의 들판에서 고통 받는 노예지요."

"아하! 그것이 당신이 공연하는 것이오?"

"바로 그래요. 나는 바로 그런 영광에 속하지요."

"그러면 많이 괴로운가요?"

"많이 괴롭지요. 수백만 번이나 그렇답니다."

나 : "수백만 번이요?"

그 : "인쇄된 모든 단어마다, 발음된 모든 단어마다, 세워진 청동 동상의 1밀리미터마다 그렇지요."

나 : "당신을 울게 하나요?"

그 : "나를 울게 하지요."

"하지만 당신은 형과 함께 놀고, 소녀와 이야기도 하고, 또 다른 모든 것을 하지요……. 그것은 위안이 아닌가요?"

"모르겠어요."

"그것으로 충분하지 않아요."

"모르겠어요."

"나에게 숨기지 말아요. 당신은 평온하고, 또 아무것도 당신을 모욕하는 것 같지 않군요……."

"그래요."

"그렇다면, 당신이 운다는 것은 사실이 아니군요." 나는 소리쳤다.

"아하!" 군인은 한숨을 쉬었다.

나는 겸손한 목소리로 그에게 물었다. "내가 당신을 알기 위해 아무것도 할 수 없나요?"

그는 또다시 모르겠다고 대답했다.

그래서 내가 제안했다. "혹시 담배 한 대라도."

나는 호주머니에서 담배를 찾았고, 덧붙여서 말했다. "한 대 피우겠어요?"

"피워 봅시다."

나는 담배를 내밀었다. "여기 있어요."

그런데 담배는 내 손에 그대로 있었다. "당신, 어디 있어요?" 내가 불렀다.

"여기 있소." 군인이 말했다.

나는 일어섰고, 앞으로 한 걸음 나아갔고, 또 한 걸음 나아갔으며, 손에는 여전히 담배를 들고 있었다. 하지만 담배는 여전히 내 손에 그대로 있었다.

"그래, 피울 거요, 안 피울 거요?" 나는 소리쳤다.

"피우고 싶어요, 피우고 싶어요." 군인이 대답했다.

나는 소리쳤다. "그렇다면 받아요."

군인은 대답하지 않았다.

"받아요. 당신 어디에 있어요?" 나는 소리쳤다.

군인은 나에게 더 이상 대답하지 않았다. 그리고 나는 계속하여 소리쳤고, 달리기 시작했다. 나는 계곡 밖으로 나왔으며, 다시 어머니 집의 층계참에 있게 되었다. 나는 공동묘지가 불빛들과 함께 저 아래 멀리 떨어져 있다는 것을 깨달았다.

44장

나는 그날 밤 내내 잤다. 그리고 잊었다. 하지만 내가 잠에서 깼을 때, 여전히 밤중이었다.

얼음 같은 산들 속에서 시칠리아는 차가운 잿빛 안개 속에 휩싸여 있었다. 태양은 떠오르지 않았고, 더 이상 떠오르지 않을 것 같았다. 밤의 평온함도 없고, 잠도 없는 밤이었다. 허공으로 까마귀들이 날아올랐다. 지붕들에서, 채소밭들에서 이따금 총소리가 울렸다.

"무슨 일이에요?" 나는 어머니에게 물었다.

"수요일이야." 어머니는 대답했다.

그녀는 평온했다. 어깨에는 또다시 모포를 둘렀으며, 발에는 커다란 남자 신발을 신고 있었다. 하지만 기분이 좋지 않은 것 같았고, 말을 하지 않았다.

"오늘 떠나야겠어요." 나는 어머니에게 말했다.

어머니는 어깨를 움찔했다. 머리 위로 시칠리아를 뒤덮은 잿빛 안개와 함께 앉아 있었다.

"도대체 무슨 일이지요?" 나는 소리쳤다.

나는 일어났고 층계참으로 나갔다. 어머니는 천천히 따라 나왔다. 마치 나를 감시하는 것 같았다.

'빵!' 총소리가 났다.

"무엇을 쏘는 것이에요?"

어머니는 문가에 멈췄고, 허공을, 까마귀들이 날아가는 높은 허공을 바라보았다.

"저것들이요?"

"그래, 저것들."

또다시 총소리가 터졌고, 허공의 잿빛 안개를 찢었다. 까마귀들은 끄떡없이 까옥거렸다.

"까마귀가 웃는군요."

"너 아직 술이 깨지 않았니?"

나는 어머니를 바라보았다. 반복해서 말하지만, 어머니는 그 자리에 있었고, 마치 나를 감시하는 것 같았다.

"내가 술에 취했더랬어요?"

"기억도 나지 않느냐? 너는 네 아버지가 술에 취해 돌아왔을 때와 똑같이 돌아왔어. 어두운 표정이었지. 그리고 내 침대에 쓰러져서 나는 소파에서 자야 했어."

또다시 총소리가 터졌다.

"난 너희들에게 무슨 일이 일어나는지 알 수 없구나." 어머니는 계속했다. "네 외할아버지는 술을 마셨을 때 노래를 부르고 농담을 했지."

어느 채소밭에서 네 번째 총소리가 났고, 다섯 번째 총소리가 그 뒤를 이었다. 하지만 까마귀들은 여전히 끄떡없이 높다란 하늘의 잿빛 안개 속을 날았다. 전혀 진로를 바꾸지도 않았고, 까옥거리면서 웃고 있었다.

"왜 저 까마귀들을?" 나는 소리쳤다.

이제 어머니는 주의 깊게 바라보았고, 까마귀들 중의 한 마리가 떨어지기를 기다리듯이 바라보았다.

"그런데 정말로 까마귀들을 쏘는 것이에요?"

여섯 번째, 일곱 번째 총소리도 실패했다. 그러자 어머니는 짜증이 났다.

"소용없어. 맞추지 못해."

어머니는 다시 집 안으로 들어갔고, 엽총을 들고 달려 나오더니 함께 쏘기 시작했다.

'빵! 빵!'

하지만 도달할 수 없는 까마귀들의 비행을 변화시킬 수는 없었다.

"웃고 있군요." 내가 말했다.

'빵! 빵! 빵!' 어머니가 대답했다.

그러자 계단 아래에서 어느 뚱뚱한 여자의 목소리가 들려왔다. 목소리는 총소리와 까마귀들 사이에서 어머니를 향해 소리쳤다. "행복한 어머니!"

45장

말 한마디 없이 부엌으로 돌아온 어머니는 의자에 앉았다.

부엌 가운데에는 불붙은 화로가 있었다. 어머니는 천천히 부젓가락을 손에 들더니 천천히 흔들었다. 그러더니 부젓가락을 잿불 속으로 쑤셔 넣었고, 조금씩 조금씩 남은 불을 뒤집었다. 그런 다음 일어나더니 화덕으로 갔다. 나는 어머니가 아무것도 깨닫지 못했다고 생각했다.

"떠나기 전에 나와 함께 식사하겠니?"

"어머니가 원하는 대로 하지요."

나는 어머니가 아무것도 깨닫지 못했다고 생각했다. 그리고 시칠리아 여행은 이미 끝났지만, 나는 어머니를 위해 무엇인가 할 준비가 되어 있었다. 이미 늙어 버린 사랑스러운 여인, 행복한 어머니! 어머니는 전날처럼 나에게 청어를 좋아하는지, 아니면 약간의 치커리를 원하는지 물었다. 그러면서 커피 한 잔마시겠느냐고 물었다. 그러고는 커피를 준비하기 시작했다. 나는 커피 주전자와 화덕 주위에서 움직이는 어머니의 동작들을 바라보았다. 그리고 모든 여자가 그러하듯, 어머니가 집안일들 속에 고립되어 있는 것을 보았다. 나는 어머니의 외로움에, 나의 외로움에, 내 아버지의 외로움에, 전쟁터에서 죽은 내 동생의 외로움에 몸이 떨렸다.

"몇 시에 떠날 거야?"

시칠리아는 꼼짝하지 않았으며, 나는 괴로웠다. 나는 그날 저녁 시라쿠사에서 떠날 수 있도록 시간 안에 도착하고 싶다고 대답했다. 어머니는 커피를 갈았고, 갈면서 기차와 버스 시간을 계산했다. 그러고는 말했다. "최소한 너는 군인이 되지 않았으면 좋겠구나."

그러자 나는 어머니가 모든 것을 깨달았다는 사실을 알았다. "오!" 나는 외쳤다.

어머니는 덧붙였다. "언젠가 다시 돌아오렴."

"내가 어머니를 만나러 와서 좋아요?"

"물론. 자식과 함께 이야기하는 것은 즐겁지. 15년이 지난 다음에……."

어머니는 커피를 다 갈았다. 불 위로 넘친 물이 피식거리는 소리에, 어머니는 또다시 화덕으로, 그 모든 외로운 물건들에게로 돌아갔다. 어머니는 계속했다. "세월들은 가고 오고, 자식들도 가고 오지……."

그리고 창문 너머로 까마귀들이 울자, 어머니는 말했다. "저 까마귀들!"

"그런데 무엇이 까마귀들을 이곳으로 불러들이지요?"

어머니는 어깨를 움찔했다. "이따금 나타나곤 하지."

뒤이은 침묵 속에서 나는 물었다. "누구였어요?"

어머니는 부엌에 흩어진 우리 어린 시절의 물건들을 바라보았다. 그리고 멀리, 그런 다음 더 가까이, 더 가까이 바라보았고, 대답했다. "리보리오였어."

"아, 셋째 말이에요?"

"아직 세상에 나가지도 않았지. 그런데 사람들이 그를 불렀을 때 만족해했어. 자기가 본 세상의 여러 곳에서 나에게 엽서들을 보내곤 했지. 작년에는 세 장, 올해에는 두 장을 보냈어. 멋진 도시들! 아마 그 아이가 좋아했을 거야."

"전쟁의 도시들이었어요?"

"그렇겠지."

"그 아이는 만족해했어요?" 나는 소리쳤다.

나는 바로 소리쳤다. 그리고 덧붙였다. "정말 멋진 생각이군, 소년에게는!"

"이제 그 아이에 대해 나쁘게 생각하지 마라."

"나쁘게요?" 나는 소리쳤다. "도대체 무슨 생각을 하는 거예요? 그는 영웅이 되었을 거예요."

어머니는 마치 내가 쓰라리게 말한 것처럼 나를 바라보았다. 그리고 말했다. "아니야! 불쌍한 녀석이었어. 세상을 보고 싶어 했지. 세상을 사랑했어."

"왜 그렇게 나를 쳐다보아요?" 나는 소리쳤다. "그는 훌륭했어요. 정복했어요. 승리했어요."

나는 더욱더 커다랗게 소리쳤다. "그리고 우리를 위해 죽었어요. 나를 위해, 어머니를 위해, 이 모든 시칠리아 사람들을 위해, 이 모든 것을, 이 시칠리아를, 이 세상을 지속하기 위해 죽었어요……. 세상을 사랑했어요!"

"아니야! 아니야! 너와 똑같은 소년이었어. 너는 열한 살이었고, 그 아이는 일곱 살이었어. 너는…….'

"그 커피 이리 줘요.' 나는 소리쳤다.

"그래.' 어머니는 대답했다.

그러고는 커피 잔을 채웠고, 나에게 줬다. 커피 잔을 내 앞의 탁자에 놓으면서 어머니는 덧붙였다. "어쨌든 나는 그 아이를 다시 보지 못했을 거야. 불쌍한 녀석! 세상을 사랑했어.'

46장

나는 어머니가 그런 생각에, 세상을 사랑한 그 불쌍한 녀석에 대한 생각에 고립되어 있는 것을 보았다. 모든 소년의 욕망을 스스로에게 돌리는 것을 보았다. 세상을 알고, 멋진 도시들을 돌아다니고, 여자들을 만나는 욕망을. 그동안 나는 커피를 마셨고, 어머니는 마치 내 얼굴 표정이 이상하다는 듯이 나를 바라보았다. 마치 내가 당혹감과 함께, 분노와 함께 커피를 마시는 것처럼 바라보았다. 사실 나는 어머니에게서 그 불쌍한 녀석에 대한 생각을 그리고 나에게서 일곱 살의 관념을 부정하고 싶었다. 나는 일곱 살짜리 군인을 원하지 않았다. 그래서 진짜 당혹감과 함께, 진짜 분노와 함께 나는 외쳤다. "빌어먹을!"

어머니는 화로 앞의 의자로 돌아와 앉았고, 아주 천천히 말했다. "나는 단 한 가지 이해할 수 없구나. 왜 저 여자가 나를 행복한 어머니라고 불렀을까?"

나는 곧바로 말했다. "당연히 그렇지요. 그 아이의 죽음이 어머니에게 명예를 주기 때문이지요."

"그 아이의 죽음이 나에게 명예를 준다고?"

"죽음으로써 자신을 명예롭게 만들었지요……."

또다시 어머니는 마치 내가 쓰라리게 말한 것처럼 나를 바라보았다. 아니, 그것은 내가 나타나자마자 나에게 보냈던 눈길의 고정된 방식이었다. 바로 의혹, 비난의 눈길이었다. 어머니는 비난과 함께 말했다. "그래, 그것이 내 행복이야?"

나는 집요하게 말했다. "그의 명예는 바로 어머니에게 돌아오지요. 어머니가 그를 낳았으니까요."

그러자 어머니는 여전히 비난의 눈길로 말했다. "하지만 나는 지금 그 아이를 잃었어. 차라리 불행한 어머니라고 불러야 할 거야."

"절대 그렇지 않아요. 어머니는 그 아이를 잃어버림으로써, 그 아이를 얻었어요. 어머니는 행복해요."

당황한 어머니는 잠시 동안 말없이 생각에 잠겼다. 그러고는 여전히 불신과 비난의 눈길로 나를 바라보았다. 그리고 내 말에 이끌린 것 같았다. 어머니는 내게 물었다. "너는 정말로 그 여자가 나를 놀리려고 한 말이 아니라고 생각하느냐?"

"오, 정말로 아니에요! 그 부인은 자기가 말하는 것을 잘 알고 있었어요."

"정말로 내가 행복하다고 생각했다는 말이냐?"

"물론이지요. 어머니 같은 입장이 되고 싶었을 거예요."

어머니 : "나와 같은 입장에? 어떻게 나처럼?"

나 : "죽은 리보리오를 둔 어머니의 입장이지요……. 그랬다면 자랑스러워했을 거예요."

어머니 : "그러니까, 나를 부러워했단 말이지……."

나 : "모든 여자들이 어머니를 부러워해요."

하지만 여전히 어머니는 나를 불신하는 표정으로 바라보았다. 어머니는 분명히 내 말에 이끌려 있었다. 그러더니 갑자기 말했다. "그게 무슨 소리냐?"

"나는 사실대로 말하는 거예요. 책에도 나와 있어요. 어머니는 교과서가 전혀 기억나지 않아요?"

어머니 : "나는 3학년까지만 다녔다."

나 : "역사에 대해 조금 배웠을 겁니다."

어머니 : "마치니, 가리발디."*

나 : "그리고 카이사르, 무키우스 스카이볼라, 킨킨나투스, 코리올라누스.** 로마 역사에 대해 아무것도 기억나지 않아요?"

어머니 : "나는 단지 그라쿠스 형제***의 어머니 코르넬리아****

---

* Giuseppe Mazzini(1805~1872), Giuseppe Garibaldi(1807~1882). 이탈리아 통일의 영웅.

** 모두 고대 로마 역사에 이름을 남긴 사람들로 카이사르(Gaius Julius Caesar(기원전 100~44))는 뛰어난 장군이자 정치가였고, 무키우스 스카이볼라(Mucius Scaevola)는 기원전 6세기의 전설적 영웅이었고, 킨킨나투스(Lucius Quinctius Cincinnatus)는 기원전 5세기의 모범적인 정치가였으며, 코리올라누스(Gnaeus Marcius Coriolanus)는 기원전 5세기의 전설적인 장군이었다.

*** 그라쿠스(Gracchus) 형제는 기원전 2세기 로마 호민관을 역임하면서 평민의 권익을 옹호하는 개혁을 시도했으나, 원로원의 반대에 부딪쳐 살해당했다.

**** 코르넬리아(Cornelia Scipionis Africana(기원전 190?~100))는 포에니 전쟁의 영웅 스키피오의 딸이자 그라쿠스 형제의 어머니로 유명하다.

가 한 말만 기억한다.”

나 : “오, 좋아요! 코르넬리아가 뭐라고 말했지요?”

어머니 : “자기의 보석은 바로 자식들이라고 말했지.”

나 : “그것 보세요. 코르넬리아는 자기 자식들을 자랑스러워했어요.”

이제 어머니는 미소를 지었다. 그리고 외쳤다. “멍청이! 코르넬리아의 자식들은 아직 죽지 않았어.”

“물론 그래요! 아직은 죽지 않았어요. 하지만 무엇 때문에 코르넬리아가 자기 자식들을 자랑스러워했다고 생각하세요?”

“무엇 때문에?” 어머니는 말했다.

그래서 내가 말했다. “왜냐하면 그들이 죽을 준비가 되었다는 것을 알았기 때문이지요……. 코르넬리아는 로마의 어머니였어요.”

또다시 말이 막힌 어머니는 어깨를 움찔했다. 그리고 여전히 불신의 눈길로 나를 바라보았다.

“알겠어요?” 나는 계속해서 말했다. “그 부인은 어머니를 코르넬리아와 같다고 생각했지요. 코르넬리아 같은 어머니가 되는 것이 좋지 않아요?”

“모르겠다.” 어머니는 불신의 눈길로 말했다.

그리고 물었다. “그 코르넬리아는 어땠지?”

“아, 위대한 여자였어요! 귀부인, 상류 사회의 귀부인이었지요……”

“아름다운 여자였니?”

“아름답고 현명했지요. 키가 크고, 금발이었어요. 아마 어머니 같았을 거예요.”

"아니, 세상에!" 어머니는 소리쳤다. "도대체 무엇 때문에 책에서 그 여자에 대해 쓰는 거야?"

"자식들의 모든 업적 때문이지요."

"행복하군!" 어머니는 소리쳤다.

그래서 내가 소리쳤다. "그것 보세요. 마찬가지로 어머니도 행복해요……."

어머니는 몸을 떨었다. "내가?" 그러고는 얼굴을 붉혔고, 어깨에 걸친 모포와 함께 빨간 불과 불꽃이 되었다. 그러더니 황급히 소리쳤다. "나에 대해서도 책에서 쓸 것이라는 말이냐?"

"아마 그럴 거예요. 어머니와 어머니 아들에 대해서 말입니다. 벌써 책들에 속하니까요."

어머니는 혼란스러운 모양이었다. 아직 정신을 차릴 수 없었고, 불신하지 않았다. "책들에? 책들에?" 어머니는 소리쳤다.

"역사에 말입니다. 그걸 몰랐어요? 그 아이는 세상을 떠나 벌써 역사 속으로 들어갔어요. 그리고 그와 함께 어머니도요."

"내가 그 아이와 함께?" 어머니는 당황해서 소리쳤다.

"그 아이와 함께, 그 아이와 함께 어머니도요." 나는 소리쳤다.

"어머니는 아직 이 세상에 속한다고 생각하세요?" 나는 소리쳤다. "이 지상에? 이 시칠리아에?"

나는 더욱 강하게 소리쳤다. "아니에요, 어머니. 아마 어머니를 불러 메달을 줄 겁니다."

"메달?" 어머니는 소리쳤다.

"그래요, 가슴에다 말입니다." 내가 말했다.

여기에서 나는 마침내 목소리를 낮추었다. 그리고 평온하게 계속해서 말했다. "그 아이가 세상을 위해 한 일 때문이지요. 그 도시들에서, 시칠리아에서."

나는 결론을 지었다. "그의 업적에 대한 메달이지요."

하지만 어머니는 바로 그 순간 무너지기 시작했다. "어떻게 그럴 수가? 그 아이는 단지 불쌍한 소년이었을 뿐이야."

그리고 나는 두려워하기 시작했다. 또 기억하기 시작했다.

47장

불쌍한 소년은 무엇을 의미했는가?

나는 부엌을 둘러보았다. 나는 화덕과 그 위에 올려놓은 사기 주전자, 그 너머의 빵 반죽 통을 보았고, 그다음에 물통, 설거지통, 의자들, 탁자, 외할아버지의 것이었다는 벽에 걸린 낡은 시계를 바라보았다. 그리고 바라보면서 나는 두려웠다. 두려워하면서 나는 또다시 어머니를 바라보았다. 어머니는 모포에 둘러싸인 채, 자신의 물건들 사이에서, 그 각각의 물건처럼 세월로 가득 차 있었고, 지나간 인류, 어린 시절과 그 이후, 역사를 넘어선 남자들과 자식들로 가득 차 있었다. 그 안에서 어머니는 자신의 삶을 계속할 것이며, 여전히 화로에다 청어들을 구울 것이며, 발에는 아버지의 신발을 신고 있을 것이다. 나는 바라보았고, 두려웠다.

그리고 나는 누가 가장 불쌍한 소년이었을까 자문해 보았다. 누가 가장 불쌍한 소년이었을까?

반복해서 말하지만, 나는 두려웠다. 그동안 나는 또다시 기억하기 시작했다. 그리고 기억하기 시작하면서, 나는 담배를 하나 꺼냈고, 불을 붙였다. 그것은 그날 나의 첫 번째 담배였고, 유일한 담배였다. 바로 술에 취해 있던 전날 밤에 남은 유일한 담배였다. 나는 불을 붙였고, 성냥을 던졌다. 그리고 그게 무슨 담배였는지 기억하고는, 담배를 피우는 동안 조금씩 조금씩 손에 눈물이 떨어졌다.

담배를 피우면서 나는 밖으로 나갔다. "까옥, 까옥, 까옥." 잿빛 하늘에서 까마귀들이 울었다. 나는 길거리로 내려갔고, 더 이상 여행 중이 아닌, 그 부동의 시칠리아 길거리로 갔다. 나는 담배를 피웠고, 울었다.

"아하! 아하! 그가 울고 있어! 왜 울지?" 까마귀들이 내 뒤를 따라오면서 자기들끼리 소리쳤다.

나는 대답하지 않고 계속해서 걸었다. 그런데 내 뒤에 검은 옷을 입은 어느 노파가 따라오면서 물었다. "왜 울어요?"

나는 아무 대답도 하지 않았고, 담배를 피우면서, 울면서 계속 걸었다. 그러자 광장에서 호주머니에 손을 넣고 기다리던 짐꾼도 내게 물었다. "왜 울어요?"

그도 역시 내 뒤를 따라왔다. 나는 여전히 울면서 어느 교회 앞을 지나갔다. 신부가 우리를, 나와 나를 뒤따르는 사람들을 보았다. 그리고 노파와 짐꾼과 까마귀들에게 물었다. "이 사람은 왜 울고 있어요?"

신부도 우리와 합류했다. 몇몇 어린아이들이 우리를 보았고, 소리쳤다.

"저것 봐라! 담배를 피우면서 울고 있어!"

아이들은 이렇게도 말했다. "담배 연기 때문에 울고 있어!" 그러고는 아이들도 다른 사람들과 함께 내 뒤를 따랐고, 내 뒤에서 여전히 자기들의 놀이를 했다.

그렇게 어느 이발사가 따라왔고, 나무꾼, 거지, 머리를 목도리로 둘러싼 어느 아가씨, 또 다른 거지가 뒤따랐다. 그들은 나를 보고 물었다. "왜 울어요?" 아니면 나를 뒤따르는 사람들에게 물었다. "이 사람은 왜 울고 있어요?" 그러고는 모두들 나를 뒤따르고 있었다. 어느 마부, 개 한 마리, 시칠리아 남자들, 시칠리아 여자들, 심지어 어느 중국 사람까지 따라왔다. "왜 울어요?" 그들은 물었다.

하지만 나는 그들에게 해 줄 대답이 없었다. 나는 어떤 이유 때문에 울고 있는 것이 아니었다. 또 실제로 나는 울고 있는 것도 아니었다. 나는 기억을 하고 있었다. 그리고 그 기억이 다른 사람들의 눈에는 울고 있는 모습으로 비쳤던 것이다.

내가 무엇을 할 수 있었겠는가? 나는 계속해서 나의 길을 걸었다. 나는 전쟁 전사자들에게 바친, 어느 벌거벗은 청동 여인 동상의 발치에 이르렀다. 그리고 나는 전날 보았던 모든 친구들, 여행하는 동안 만나 함께 이야기했던 시칠리아 사람들에게 둘러싸여 있었다.

"다른 의무들이 있어요." 롬바르디아 거인이 나에게 말했다. "울지 말아요."

"울지 말아요." 병든 친구들이 나에게 말했다.

"울지 말아요." 여자 친구들이 나에게 말했다.

그리고 조그마한 오렌지 친구도 역시 나에게 말했다. "울지 말아요."

카타니아 젊은이도 있었고, 그도 말했다. "당신 말이 맞아요. 울지 말아요."

"이히!" 마른 나뭇가지의 목소리를 가진 조그마한 노인이 말했다.

"나는 당신들 때문에 우는 것이 아니에요. 나는 울고 있지 않아요." 내가 말했다.

나는 청동 여인의 동상 아래 계단에 앉았고, 그 친구들은 나를 둘러쌌다. 그들은 내가 자기들 때문에 울고 있다고 생각했다. "나는 울고 있지 않아요. 나는 울고 있지 않아요. 술에서 깨는 중이에요." 나는 계속해서 말했다.

"무슨 뜻이야?" 콧수염과 무수염이 말했다.

"무언가 숨기고 있어." 콧수염과 무수염이 말했다.

"나는 울고 있지 않아요. 아무것도 숨긴 것이 없어요." 나는 계속해서 말했다.

그러자 에제키엘레라는 사내가 소리쳤다. "세상은 많이 모욕당했어요!"

"하지만 나는 이 세상에서 울고 있지 않아요." 내가 대꾸했다.

과부가 말했다. "자기 어머니 때문에 울고 있어요."

다른 여자가 말했다. "죽은 동생 때문에 울고 있어요."

"아니오, 아니오." 나는 반박했다. "나는 속으로 울고 있지 않아요. 나는 이 세상에서 울고 있지 않아요."

그리고 또다시 나는 전혀 울고 있지 않다고 말했다. 나는 절대로 어느 누구 때문에, 시칠리아와 그 나머지 것들 때문에, 세상 때문에 울고 있지 않다고 말했다. 그리고 나는 그들과 작별했다. 모두들 가 버리라고 말했고, 또다시 나는 술에서 깨는 중이라고 말했다.

칼갈이가 나에게 물었다. "그런데 어디에서 이렇게 술에 취했어요?"

"공동묘지에서요. 하지만 그걸 말할 필요는 없어요."

"아하." 칼갈이는 말했다.

그리고 나는 담배 피우는 것을 끝마쳤고, 기억하는 것을 끝마쳤다. 나는 우는 것을 그쳤다.

48장

그리고 나는 기념비의 벌거벗은 청동 여인상을 향해 눈을 들었다.

실물의 두 배 크기에다 청동 피부가 매끄러운 젊고 아름다운 여인이었다. 잘생긴 여자라고, 내 어머니는 말했을 것이다. 그 다리, 가슴, 등, 배, 팔……. 여자를 여자답게 만드는 모든 것을 갖추었으며, 실제로 남자의 갈비뼈에서 금방 나온 것 같았다. 희미하게 성기까지 표시되어 있었다. 그리고 긴 머리카락이 성적인 우아함으로 목덜미를 감싸고 있었으며, 얼굴은 성적인 음탕함으로, 그녀 안의 모든 달콤한 꿀처럼 미소를 짓고 있었다. 그리고 필요 이상으로 두 배나 커다랗게, 청동으로 그 한가운데에 벌거벗고 서 있었다.

나는 일어났다. 그리고 그녀의 주위를 돌면서 조금 더 자세히 살펴보았다. 나는 그녀의 뒤로, 옆으로, 그리고 또다시 뒤로 갔다. 친구들은 나를 바라보고 있었다. 노인들은 나에게 눈을 찡긋했으며, 부인들과 아가씨들은 고개를 숙이고 서로를 훔쳐보았다. 롬바르디아 거인은 심각하게 목청을 가다듬었다.

"정말로 여자로군요." 나는 말했다.

칼갈이가 가까이 다가왔고, 내 곁의 받침대 위에 섰다. 그리고 그도 역시 눈을 들어 위를 바라보았다. "맞아요. 여자예요." 그는 소리쳤다.

우리는 함께 그녀의 앞으로 돌아왔다. 여전히 위를 바라보면서. "저기, 젖이 있군요." 칼갈이가 말했다. 그리고 웃었다.

동상의 발치에서 아가씨들이 웃었다. 롬바르디아 거인은 미소를 지었다. "여자로군요." 나는 또다시 말했다. 나는 받침대에서 한두 걸음 물러났고, 칼갈이도 나를 따라왔다. 우리 둘은 여자의 전체 모습을 바라보았다.

"나쁘지 않군요. 그렇지요?" 칼갈이가 말했다.

나는 그에게 그녀의 미소를 보라고 했다. 그러자 칼갈이는 팔꿈치로 나를 쿡 찔렀다. "하, 하!" 그는 웃었다.

여자는 반듯하게 서 있었고, 한쪽 팔은 하늘을 향해 쳐들고 있었으며, 다른 한 팔은 다른 팔의 겨드랑이를 만지려는 듯 가슴 위로 구부리고 있었다. 그녀는 미소를 짓고 있었다. "그녀는 모든 것을 알고 있어요." 칼갈이가 말했다.

동상의 발치에서 어느 아가씨가 웃었다. 그리고 칼갈이는 덧붙였다. "커다란 만큼, 그녀는 잘 알고 있어요."

"그 이상도 알고 있지요. 자신은 상처 받지 않는다는 것도 알지요."

"정말이오?" 칼갈이가 소리쳤다.

"물론이지요. 자신이 청동으로 되었다는 것을 알고 있어요."

"아하, 그렇군요!" 나의 대화자들이 소리쳤다.

나는 계속해서 말했다. "정말로 보이지요?"

"보여요." 나의 대화자들은 인정했다.

나는 한 계단을 내려왔고 그곳에 앉았다. 모두들 한두 걸음 물러났고, 모두들 앉았다.

"이 여자는 그들을 위한 것이에요." 내가 말했다.

모두들 인정했고, 나는 덧붙여서 말했다.

"그들은 평범하게 죽은 자들이 아닙니다. 그들은 이 세상에 속하지 않고, 다른 세상에 속하지요. 그리고 자신들을 위해 이 여자를 갖고 있어요."

"에헴!" 군인이 말했다.

"우리가 그들에게 여자를 바친다는 것은 고상하지 않습니까?" 나는 계속해서 말했다. "이 여자를 통해 우리는 그들을 찬양하지요."

"에헴!" 군인이 말했다. "에헴! 에헴!"

"이 여자를 통해서, 이 여자를 통해서……." 나는 계속했다.

군인은 내 말을 막았고, 내 몸속에서 군인이 더욱 크게 말했다. "에헴!"

"에헴?" 주위에 앉아 있던 나의 대화자들이 물었다.

"아무것도 아닙니다. 나는 단지 '에헴!' 하고 말했을 뿐입니다." 내가 말했다.

하지만 또다시 군인이 내 몸속에서 말했다. "에헴!"

"도대체 이게 무슨 이야기야?" 콧수염과 무수염이 서로 물었다.

"하나의 봉인(封印)된 말이지요." 내가 대답했다.

시칠리아 사람들은 서로를 바라보았다.

"아하!" 포르피리오라는 사내가 말했다.

"물론." 에제키엘레라는 사내가 말했다.

"맞아." 칼갈이가 말했다.

롬바르디아 거인은 고개를 끄덕여 인정했다. 모두들 인정했다. 누군가가 말했다. "나도 그 여자를 알아요."

"무엇을?" 콧수염이 말했다.

"무엇을?" 무수염이 말했다.

이 모든 것 위에서, 저 높은 곳에서 청동 여인은 미소를 짓고 있었다.

"그리고 많이 괴로운가요?" 시칠리아 사람들은 물었다.

에필로그

49장

　이것이 나의 시칠리아에서의 대화였다. 사흘 동안의 낮과 밤에 이루어졌고, 처음 시작된 것처럼 끝나 버린 대화였다. 하지만 대화가 끝난 뒤에도 어떤 일이 일어났다는 사실을 밝혀야겠다.

　나는 작별 인사를 하러 어머니에게로 돌아왔는데, 어머니가 부엌에서 어느 남자의 발을 씻겨 주고 있는 것을 발견했다.

　남자는 문에 어깨를 기댄 채 앉아 있었고, 무척이나 늙었다. 어머니는 바닥에 무릎을 꿇고 세숫대야 안에서 늙은 발을 씻겨 주고 있었다. "어머니, 나는 떠나요. 지금 떠나는 버스가 있어요."

　어머니는 남자의 발에서 고개를 들었다. "그럼 너는 우리와 함께 식사를 하지 않겠니?"

　남자는 내 말에도, 어머니의 말에도 몸을 돌리지 않았다. 그의 머리카락은 새하얗고, 무척이나 늙었으며, 고개를 숙이고 있었다. 마치 깊이 생각에 잠겨 있거나 아니면 잠을 자는 것 같았다. "자고 있어요?" 나는 나지막한 목소리로 어머니에게 물었다.

"아니야. 울고 있어, 멍청이."

그리고 덧붙였다. "언제나 그랬단다. 내가 해산할 때 울고 있었지. 그리고 지금도 울고 있어."

나지막한 목소리로 나는 외쳤다. "아니, 어떻게? 그럼 아버지예요?"

그동안에도 그는 우리에게 관심을 기울이지 않았다.

나는 그의 얼굴을 바라보기 위해 가까이 다가갔고, 그가 손으로 얼굴을 가리고 있는 것을 보았다. 어쨌든 그는 무척이나 늙어 보였다. 잠시 동안 나는 외할아버지가 아닌가 생각할 정도였다. 또한 내 어머니의 여행자일 수도 있다고 생각하기도 했다. "지금 돌아왔어요?" 나는 나지막한 목소리로 물었다.

어머니는 아니라는 듯이 고개를 저었다.

"울고 있어. 내가 행복하다는 것을 모르고 있어."

여기에서 나는 남자의 늙은 발을 세숫대야의 물속에 그대로 남겨 두었다. 나는 일어섰고, 한쪽으로 물러났다. "그런데 너는 그 코르넬리아로 나를 속였지. 그녀의 그라쿠스 형제가 죽은 것은 전쟁터가 아니었어."

"전쟁터가 아니었다고요?" 나는 여전히 나지막한 목소리로 말했다.

"그래." 어머니는 계속해서 말했다. "너희들 어렸을 적의 책에서 보았어. 네가 밖에 나갔을 때 말이다."

"좋아요." 나는 말했다. 그리고 나는 어머니의 한쪽 뺨에다 입을 맞추었다. "안녕히 계세요."

"그에게는 인사하고 싶지 않으냐?" 어머니가 물었다.

나는 노인을 바라보며 망설였다. 그리고 말했다. "다음에 인사하지요. 그대로 놔두세요." 그리고 나는 발끝으로 집을 나섰다.

오해나 모호함을 피하기 위해 미리 밝히겠는데, 이 『시칠리아에서의 대화』의 주인공이 자서전의 인물이 아닌 것처럼, 시칠리아는 단지 우연히 시칠리아일 뿐이다. 단지 시칠리아라는 이름이 페르시아나 베네수엘라 같은 이름보다 더 멋지게 들리기 때문이다. 게다가 나는 모든 수기(手記)들이 어느 병(甁) 속에서 발견되는 것을 상상한다.

작품 해설

엘리오 비토리니의 대표작 『시칠리아에서의 대화』는 현대 이탈리아 문학사에서 가장 많이 거론되고 논의되는 작품들 중 하나다. 이 소설은 전체 5부와 에필로그로 나뉘고 총 49장으로 구성되었는데, 마지막 에필로그는 단지 한 장이며 작가의 간략한 기록을 포함한다. 그리고 각 장은 한 쪽 또는 길어도 몇 쪽 되지 않아 전체적인 분량은 그리 많지 않다.

작품의 주제는 일종의 '여행'이며 줄거리는 간단하다. 밀라노의 인쇄소에서 식자공(植字工)으로 일하는 주인공 실베스트로는 15년 전 열다섯 살의 나이에 고향 시칠리아를 떠난 후 한 번도 고향을 찾지 않았는데, 어느 날 아버지의 편지를 받는다. 아버지는 어머니와 헤어지고 다른 여자와 함께 떠났으니 혼자 남은 어머니를 찾아가 보라는 내용이다. 때마침 어머니의 영명 축일(靈名祝日)이 다가오고, 주인공은 거의 충동적으로 시칠리아를 방문한다. 그리고 약 닷새에 걸쳐 여행하는 동안 어머니를 비롯하여 다양한 사람들을 만나고 그들과 여러 '대화'들을 나누는데, 바로 그 대화들이 이야기를 이끌어 간다.

그런데 이 소설이 처음 발표될 때부터 작품의 성격을 둘러싼 논쟁과 논의들이 끊이지 않았다. 논쟁의 주제들을 간단히 요약하기는 어렵지만, 이 소설이 사실주의 작품인가, 아니면 초현실주의적 성향의 작품인가에 대한 논란부터 시작하여, 서술되는 내용을 자서전적인 것으로 볼 것인가, 아니면 그야말로 순수한 허구로 볼 것인가 등이었다. 그 결과 상이한 문학 사조와 경향들 사이에서 서로 다른 평가들이 이어졌다. 이 작품은 무엇보다 하나의 문학 사조나 유파, 경향, 또는 특정한 흐름으로 분류되기 어렵기 때문이다. 그러니까 어떤 도식적이고 정형적인 이론이나 정치적 이데올로기의 관점만으로 해석될 수 있는 작품이 아니며, 그 안에 내포된 풍부한 의미들의 그물은 관점에 따라 언제나 새로운 해석을 향해 열려 있다.

그러므로 2차 세계대전 이후 이탈리아의 서로 다른 문화 운동 진영에서 내린 평가들은 놀라울 정도로 대조적이다. 예를 들어 비토리니 자신을 필두로 하는 네오리얼리즘 진영과 참여적 비평에서는 반파시즘 내용을 찬양하고 높게 평가했다. 그런데 모순적이게도 1960년대에 들어와 정반대 성향의 네오아방가르드 운동이 일어나면서, 모든 네오리얼리즘 계열의 작가와 작품들이 비난과 평가 절하의 대상이 되었는데, 오직 『시칠리아에서의 대화』만은 상징적 언어의 모델이라는 찬사와 함께 훌륭한 작품으로 높게 평가되었다.

그렇게 상반된 평가와 해석이 가능한 것은 고유의 문체 때문이다. 강렬한 서정성과 함께 고도의 상징성과 암시성, 알레고리 등이 넘치는 이 작품은 여러 가지 읽기의 층위들을 제공한다. 특히 짧막하고 압축적인 표현들이 집요할 정도로 반복되면서 독자들의 뇌리에 뚜렷한 인상을 남긴다. 그리고 소설 특유의 스토리 전개보다 마치 한 편의 시를 읽는 것처럼 강하고 인상적인 서정성을 느끼게 해 준다. 그러한 문체는 파시즘 당국의 검열을 피하기 위한 일종의 텍스트 전략으로 탄생했다. 그것을 입증하듯 소설 뒷부분에 다음과 같은 작가의 기록 혹은 후기가 붙어 있다.

오해나 모호함을 피하기 위해 미리 밝히겠는데, 이 『시칠리아에서의 대화』의 주인공이 자서전의 인물이 아닌 것처럼, 시칠리아는 단지 우연히 시칠리아일 뿐이다. 단지 시칠리아라는 이름이 페르시아나 베네수엘라 같은 이름보다 더 멋지게 들리기 때문이다. 게다가 나는 모든 수기(手記)들이 어느 병(瓶) 속에서 발견되는 것을 상상한다.

작가의 이런 언급은 여러 모로 중요성을 갖는데, 무엇보다 궁금한 것은 이 사족(蛇足) 같은 기록을 덧붙이게 된 이유나 의도다. 그것은 작품의 창작 배경과 연결되어 있다. 이 소설은 원래 1938년 4월부터 1939년 4월까지 5회에 걸쳐 문학지 《레테라투라(Letteratura)》에 연재되었는데, 1936년에 터진 스페인 내전이 동기를 제공했다. 당시 비토리니는 스페인으로 건너가 공화주의자들과 합류하려는 계획을 세웠으나 실행하지 못했고, 프랑코 정권에 반대하는 글을 잡지에 실었다가 이탈리아 파시스트당에서 추방당했다. 따라서 소설이 연재되는 동안 파시즘 당국의 문화 정책과 검열의 올가미에 걸리지 않기 위해 대비책을 마련해야 했다. 시칠리아의 비참한 현실을 고발하고 파시즘의 제국주의 정책과 비인간적인 전쟁을 비판한다는 의심을 받을 만한 여지를 충분히 갖고 있었기 때문이다. 바로 그 예방책으로 4회 연재의 말미와 5회 연재의 서두에다 위와 같은 일종의 통지문을 붙였고, 나중에 단행본으로 출판할 때에도 작품의 맨 끝에다 그대로 실었던 것이다.

그리고 거기에다 비토리니의 끊임없는 실험 정신이 덧붙여졌다. 그는 언제나 문학과 당대 현실 사이의 밀접하고 유기적인 관계를 추구했으며, 현실의 문학적 재현은 문체, 즉 언어적 혁신에 달려 있는 것으로 보았다. 그런 실험성이 시대적 상황과 맞물려 특징 있는 문체를 탄생시켰던 것이다. 작품의 첫머리는 이렇게 시작된다.

그해 겨울, 나는 추상적인 분노에 사로잡혀 있었다. 어떤 분노였는지 말하지 않겠다. 그런 이야기를 하려고 한 것은 아니니까. 하지만 영웅적이지도 않고 생생하지도 않은, 추상적인 분노였다는 것은 말할 필요가 있다. 어떤 면에서는 상실된 인류에 대한 분노였다. 오래전부터 그랬고, 나는 고개를 숙이고 있었다. 나는 한 시간, 두 시간 동안 친구들을 만났고, 말 한마디 없이 그들과 함께 있었고, 고개를 숙이고 있었다.

1장의 전체 길이는 겨우 한 쪽 남짓한데, 가령 "추상적인 분노", "상실된 인류", "희망 없음", 빗물이 새는 "찢어진 신발" 같은 표현이 그 짧은 텍스트 안에서 서너 번씩 반복된다. 그런

간결하고 인상적인 표현들이 반복적으로 사용되면서 1인칭 화자인 '나'의 내적인 심리 상태가 암시적으로 드러난다. 이런 기법은 소설 전반에서 나타나는데, 대부분의 장면이나 에피소드에서 몇 가지 핵심적인 '주제어들'이 시칠리아 현실의 모순이나 갈등을 집약적으로 보여 주는 역할을 한다.

이와 함께 대부분의 등장인물이 뚜렷하고 강렬한 성격과 이미지로 부각되는데, 각 인물의 핵심을 포착하여 한두 단어로 간략하게 표현하고 그것을 반복적으로 강조하기 때문이다. 예를 들어 "롬바르디아 거인", "콧수염"과 "무수염", 오렌지 농장의 일꾼인 "조그마한 시칠리아 사내", "마른 나뭇가지의 목소리를 가진 조그마한 노인", 황소처럼 튼튼하지만 슬픈 표정의 "카타니아 젊은이", 환자처럼 "목도리에 둘러싸인 젊은이" 등은 모두 각 장면에서 특징적인 인물상으로 부각된다. 그리고 4부와 5부에 나오는 등장인물들은 구체적인 이름과 함께 생생하게 묘사되는 신체 특징을 통해 뚜렷한 인상을 남긴다. 예를 들면 칼갈이 칼로제로, 마구(馬具) 판매상 에제키엘레, 포목상(布木商) 포르피리오, 술집 주인 "난쟁이" 콜롬보가 그렇다.

또 다른 문체 특징은 현실적이면서도 상징적인 묘사에서 찾아볼 수 있는데, 거기에서 유발되는 뚜렷한 이미지들은 독자의 오감을 자극하면서 강한 인상을 남긴다. 그리고 그것들은 상징적이고 암시적인 문체를 통해 단일한 이미지에 머무르지 않고 마치 연상 작용의 연쇄 고리들이 이어지듯이 복합적인 이미지로 전환된다. 예를 들어 4부에 나오는 연(鳶)은 반복적인 표현을 통해 강한 이미지로 머릿속에 각인되는데, 매우 현실적이고 구체적인 대상이면서 동시에 다양한 해석들이 가능한 상징적 대상으로 전환되기 때문이다. 그런 강렬한 이미지들은 소설 여러 곳에 흩어져 있으면서 다채로운 세계를 펼친다.

그리고 그런 인상적인 이미지들을 배경으로 전개되는 여러 사건과 장면들은 연극 공연처럼 눈앞에 펼쳐진다. 실제로 이 소설에서 연극은 효과적인 현실 재현 방식으로서 텍스트 속에 내재되어 있다. 실베스트로의 아버지는 철도원으로 일했지만 또한 연극인이었다. 철도원들을 위해 「맥베스」와 「햄릿」을 공연하던 아버지의 모습에 대한 기억은 주인공의 머릿속에 생생하게 살아 있고, 그런 기억의 흔적을 반영하듯 작품 구성이나 텍스트 자체가 연극 공연을 위한 대본처럼 보이는 부분들이 많다. 많은 곳에서 등장인물들의 대화는 연극 대사처럼 직접 화법으로 전개되며, 그 호흡과 박자는 연극을 보는 것 같은 느낌을 준다.

특히 마지막 5부에는 연극과 공연의 요소들이 넘친다. 전쟁터에서 죽은 동생 리보리오를 만나는 장면에서는 직접적으로 연극 공연에 대해 언급하며, 두 사람이 짤막한 대화를 나눌 때는 연극 대사를 주고받는 것처럼 보인다. 또한 어둠을 배경으로 불그스레하게 빛나는 불빛에 대한 묘사는 무대 조명을 상기시킨다. 게다가 작품의 마지막 부분에서는 지금까지 주인공과 대화를 나누었던 "조그마한 시칠리아 사람들"과 다른 모든 등장인물들이 한꺼번에 등장하는 것으로 묘사된다. 그들은 주인공을 따라가면서 일종의 거리 행진을 하고, 마침내 전쟁 전사자들을 위해 추념비로 세운 벌거벗은 여인의 청동 동상 주위에 모여 각자 특징 있는 대사를 한 마디씩 던진다. 그것은 마치 배우가 청중에게 마지막 인사를 하는 것처럼 보이며, 공연이 끝난 뒤 모든 출연자들이 '커튼콜'을 위해 무대로 나오는 장면을 연상하게 만든다.

이러한 연극 요소들과 함께 그 당시 새로운 예술 장르로 급부상하던 영화의 표현 기법들을 활용하는 부분들도 눈에 띈다. 특히 현재와 과거가 중첩되면서 눈앞의 구체적인 대상이나 사건에다 또 다른 모습이 겹쳐지면서 현실이 일그러지고, 그럼으로써 풍부한 상징성과 암시성을 띠게 만드는 방식이 그렇다. 그것은 마치 시간을 넘어서는 장면들을 겹치는, 영화의 오버랩 기법과 비슷하다. 이와 관련하여 비토리니가 이 소설을 집필하던 무렵을 전후하여 한동안 영화에 관심을 기울였으며, 그 결과 흥미로운 평론들을 발표했다는 사실을 되새겨볼 필요가 있다.

주인공의 여행은 단순한 공간 이동으로 끝나지 않고, 과거로 거슬러 올라감으로써 동시에 기억과 회상의 여행이 된다. 그러니까 현재와 과거, 두 개의 시간이 겹쳐서 나타나며, 그 결과 눈앞에서 펼쳐지는 현실의 모습도 두 가지로 중복되어 나타난다. 주인공이 여행하는 동안 직접 눈으로 보고 귀로 들으면서 체험하는 사물과 대상들은 대부분 과거 어린 시절의 기억과 연결되고, 거기에서 새로운 의미와 상징성을 띠게 된다. 그렇게 눈앞의 현실과 기억 속의 현실이 중복되면서 구체적인 대상들은 "두 번 현실적"인 것이 된다. 현재와 과거의 두 가지 상반된 시간 속에서 동시에 존재하기 때문이다. 아니 정확하게 말하자면, 현재 눈앞에 있는 현실이나 대상이 과거의 기억과 연결됨으로써 새로운 모습으로 다가오는 것이며, 그리하여 마치 러시아 형식주의자들이 말하는 '낯설게 하기'와 비슷한 효

과를 내는 것이다. 그것은 낯익은 것을 낯설게 만들 뿐만 아니라, 여행 자체를 낯선 것으로 만든다. 그렇기 때문에 주인공은 자기 어머니가 사는 마을에 도착해서도 현실이 아닌 어떤 "환상적인 곳에 와 있는" 것처럼 느낀다.

그렇게 시간들이 뒤섞인 초현실적이고 몽환적인 분위기 속에서는 어느 순간 서사의 시간에 비해 행위의 시간이 정지되어 있는 것처럼 보이기도 한다. 또한 거기에서 비롯되는 현실과 환상의 혼동은 소설의 뒷부분으로 넘어갈수록 더욱 심해지고 막바지 5부에서는 절정에 이른다. 콜롬보의 술집에서 나온 주인공은 공동묘지에서 죽은 동생 리보리오의 유령과 만나는데, 동생은 전쟁터에 나갔다가 죽었지만 일곱 살 어린이의 모습으로 나타난다. 비록 포도주에 취한 상태라고 하지만, 그것이 현실인지 꿈인지 분간하기 어렵다. 그리고 마지막에 어떤 합리적인 상황 설정도 없이 모든 등장인물이 한 자리에 모이는 장면이나, 집에 돌아온 아버지와 만나는 장면도 독자를 어리둥절하게 만든다. 마치 과거의 시간이 현재를 압도하면서 현실을 왜곡하고 비트는 것처럼 보인다.

실베스트로가 만나는 사람들은 시칠리아의 현실을 생생하게 증언한다. 그 "조그마한 시칠리아 사람들"은 대부분 가난하고 초라한 하층민이다. 어머니의 "순회" 과정에서 만난 환자들 중 일부는 암벽에 동굴을 파서 만든 집에서, 말하자면 창문도 없고 맨땅의 바닥에서 염소 같은 가축들과 함께 살아가고, 달팽이나 야생 치커리, 양파로 연명하는 사람들이다. 그들은 모두 시칠리아의 낙후된 삶과 실상을 적나라하게 보여 준다. 그

가난하고 초라한 시칠리아 하층민들의 삶은 바로 "모욕당한 세상"에서 살아가는 "상실된 인류"의 보편적인 모습으로 이어지고, 자연스럽게 현실 고발의 성격을 띤다. 그것은 작품 첫머리에서 말하는 주인공의 "추상적인 분노"에서 예고되는 것이며, 기차 안에서 만난 롬바르디아 거인이 "신선한 의식"과 "새로운 의무들"에 대해 이야기하면서 구체적인 모습을 갖추기 시작한다.

비록 교묘한 문체를 통해 우회적으로 암시될 뿐이지만, 시칠리아 현실의 재현과 함께 파시즘 체제와 전쟁에 대한 비판적 성찰은 이 소설의 주요 주제들 중 하나다. 특히 4부에 등장하는 특징적 인물들은 파시즘 체제에 대응하는 상이한 사상적 계열이나 이데올로기를 반영하는 것으로 해석된다. 날카롭게 갈아 줄 "칼들과 가위들"을 찾고 있는 칼갈이 칼로제로는 급진 계열의 혁명적 이데올로기를 상징한다. 또한 젖은 눈빛으로 연민을 호소하는 것처럼 보이는 마구 판매상 에제키엘레는 온건주의 계열의 관념론적 문화를 상징한다. 그는 자기 자신 때문이 아니라 모욕당한 세상의 고통 때문에 괴로워하지만, 세상을 바꾸기 위하여 어떤 구체적인 행동을 하지 않는다. 단지 지하 동굴처럼 어두운 곳에 틀어박혀 "모욕당한 세상의 역사"를 쓰고 있는데, 그것은 온갖 형태의 억압들에 대한 적극적인 행동이나 저항이 아니라 고통 받는 사람들을 위안하는 데 머무를 뿐이다.

그리고 세상의 모욕들에 대한 치유책으로 "살아 있는 물"을 강조하는 포목상 포르피리오는 보수적인 성향의 가톨릭 문화를 상징하는 것으로 해석된다. 마지막으로 술집 주인 "난쟁이"

콜롬보가 등장하는데, 그는 파시즘 체제를 옹호하는 파렴치하고 뻔뻔스러운 지식인을 상징하면서 위안적인 문화를 대변하는 것으로 해석된다. 포도주를 매개로 하여 모든 사람들을 취하게 만들고, 그리하여 세상의 고통과 모욕들을 잊게 만들기 때문이다.

물론 다른 해석들도 가능하다. 앞에서 말했듯이 어떤 고정된 사상이나 이데올로기의 관점으로 해석하기에는 너무나도 풍부하고 다양한 상징성이 넘치기 때문이다. 보다 넓은 관점에서 보면 그들은 이 세상의 모든 곳에서 벌어지는 온갖 억압과 모욕들에 대해 저항하는 여러 방식을 상징한다고 볼 수도 있다. 그렇게 다양한 해석을 열어 주는 것이 바로 이 소설의 시들지 않는 생명력이다. 독특한 문체와 서사 형식에서 비롯되는 상징성과 암시성 덕택에 이 소설에서 묘사되는 시칠리아 민중의 비천한 삶은 단순히 낙후되고 가난한 시칠리아의 실상을 생생하게 보여 주는 데 머무르지 않는다. 그것은 보다 일반적이고 보편적인 차원을 지향하며, 이 세상의 모든 곳에서 언제든지 나타날 수 있는 모든 형태의 억압을 고발한다. 따라서 이 소설에서 말하는 "모욕당한 세상"의 이야기는 바로 우리 자신의 이야기라고 말할 수 있다. 그런 모욕들로 인해 고통 받는 사람들, 또한 그렇기 때문에 역설적으로 다른 사람들보다 더 인간적인 사람들의 실상이 시칠리아라는 상징적 세계를 통해 재현될 뿐이다.

2009년 가을
김운찬

작가 연보

1908년 7월 23일 이탈리아 남부 시칠리아 섬 동남부의 해
       안 도시 시라쿠사에서 4형제 중 장남으로 태어남.
       어린 시절에는 철도원인 아버지의 일터에 따라 시
       칠리아 내륙 여러 지방을 옮겨 다니면서 살았고, 방
       학 동안에만 어머니의 집이 있는 시라쿠사에 머묾.
1921년 아버지의 철도 무임승차권을 이용하여 처음으로 이
       탈리아 반도로의 탈출을 시도. 그런 시도는 이후 4년
       동안 세 번에 걸쳐 반복.
1924년 초등교육을 마친 후 아버지의 권유로 회계사 학교
       에 입학하나 공부에 흥미를 느끼지 못하고 그만둠.
1927년 시라쿠사에서 시인 살바토레 콰시모도(Salvatore
       Quasimodo(1901~1968))의 누이동생 로사(Rosa)와
       결혼. 이탈리아 북동부 끝의 접경 지역인 베네치아
       줄리아로 이주하여 건설회사의 회계원으로 일함.

1928년   장남 주스토 출생. 여러 신문과 잡지에 단편소설, 비
　　　　 평, 시사평론, 산문 등 다양한 성격의 글들을 기고.

1930년   친척이 있던 피렌체로 이주하여 신문 인쇄소의 원
　　　　 고 교정원으로 일함. 낡은 책 『로빈슨 크루소』를 교
　　　　 재로 어느 나이 든 인쇄공으로부터 영어를 배움.

1931년   솔라리아(Solaria) 출판사에서 최초의 단편집 『소부
　　　　 르주아(Piccola borghesia)』를 출판.

1933년   문학지 《솔라리아(Solaria)》에 장편 『붉은 카네이
　　　　 션(Garofano rosso)』 연재 시작. 밀라노의 몬다도리
　　　　 (Mondadori) 출판사에서 최초의 영어 번역 작품으
　　　　 로, D. H. 로렌스의 「세인트 모어(St. Mawr)」를 비롯
　　　　 한 단편소설들을 『순수한 피(Il purosangue)』라는 제
　　　　 목으로 출판.

1934년   납중독으로 인해 신문 인쇄소를 그만두고 경제적
　　　　 어려움에 부딪침. 주로 윌리엄 포크너, 에드거 앨런
　　　　 포, 로렌스 등 영어권 작가들의 작품을 번역하고 여
　　　　 러 출판사의 편집 일을 도와주는 대가로 받은 수입
　　　　 으로 생활. 둘째 아들 데메트리오 출생.

1935년   『붉은 카네이션』을 단행본으로 출판하려 했으나 파
　　　　 시즘 당국에 의해 저지당함.

1936년   스페인 내전 발발과 함께 스페인으로 건너가 공화
　　　　 주의자들과 합류하려는 계획을 세우기도 했으나 실
　　　　 행하지 못하고, 프랑코 정권에 반대하는 글을 잡지
　　　　 에 실었다가 이탈리아 파시스트당에서 추방당함.

1937년   4월부터 1939년 4월까지 5회에 걸쳐 피렌체에서 발

행되던 문학지 《레테라투라(Letteratura)》에 『시칠리아에서의 대화』 연재 시작.

1939년 밀라노의 봄피아니(Bompiani) 출판사에서 편집 일을 맡아 밀라노로 이사.

1941년 피렌체의 파렌티(Parenti) 출판사에서 『시칠리아에서의 대화』를 단행본으로 출판했는데, 파시즘 당국의 검열을 피하기 위하여 짧은 단편소설 「이름과 눈물(Nome e lagrime)」을 위장용으로 덧붙이고 그 제목으로 출판. 같은 해 봄피아니 출판사에서 원래 제목으로 다시 출판했고, 이듬해 두 번에 걸쳐 거듭 인쇄되었는데 바로 매진될 정도로 인기를 끌었으나 결국 파시즘 당국에 의해 압수됨. 하지만 1945년 해방을 맞이할 때까지 비밀리에 유통되었으며, 스위스에서 독일어와 프랑스어 번역본이 출판됨.

1942년 미국 작가들의 작품을 번역한 선집 『아메리카나(Americana)』를 편집했으나 파시즘 당국의 검열 때문에 여러 부분이 삭제된 채 출판됨. 비밀리에 이탈리아 공산당과 접촉하기 시작.

1943년 7월 26일 파시즘 정부가 무너진 다음 날 비밀 집회 중에 체포되어 투옥되었다가 9월 8일 풀려남. 독일군이 이탈리아 반도를 점령한 후 레지스탕스 운동에 적극적으로 가담.

1944년 피렌체의 총파업을 조직하다가 독일 경찰에 추적되자 산으로 피신. 피신해 있는 동안 레지스탕스 소설 『인간과 비인간(Uomini e no)』 집필.

1945년	해방 후 몇 달 동안 이탈리아 공산당의 기관지 신문《우니타(Unità)》의 편집장을 역임. 전후 이탈리아의 문화 및 정치적 논쟁의 무대가 되었던 잡지《일 폴리테크니코(Il Politecnico)》창간.
1948년	장편소설『붉은 카네이션』을 단행본으로 출판.
1949년	장편소설『메시나의 여인들(Le donne di Messina)』출판.『시칠리아에서의 대화』영어 번역본이 헤밍웨이의 서문과 함께 출판됨.
1950년	사진가 루이지 크로첸치(Luigi Crocenzi(1923~1984))를 비롯한 친구들과 함께 시칠리아를 방문하여『시칠리아에서의 대화』를 이미지로 보여 줄 사진들을 찍음.
1951년	이탈리아 공산당 당수 톨리아티(Palmiro Togliatti(1893~1964))와 논쟁 시작.
1953년	사진들이 실린『시칠리아에서의 대화』를 봄피아니 출판사에서 출판.
1956년	장편소설『에리카와 그의 형제들(Erica e i suoi fratelli)』출판.
1957년	평론집『공개적인 일기(Diario in pubblico)』출판.
1958년	정치적인 이유 등으로 잠시 프랑스에 체류.
1959년	에이나우디(Einaudi) 출판사에서 칼비노(Italo Calvino(1923~1985))와 함께 편집한 잡지《일 메나보(Il Menabò)》를 창간.
1963년	지병으로 밀라노의 병원에서 큰 수술을 받음.
1966년	밀라노에서 사망.

세계문학전집 **225**

시칠리아에서의 대화

1판 1쇄 펴냄 2009년 10월 9일
1판 14쇄 펴냄 2023년 10월 11일

지은이 엘리오 비토리니
옮긴이 김운찬
발행인 박근섭, 박상준
펴낸곳 (주)민음사

출판등록 1966. 5. 19. (제 16-490호)
서울특별시 강남구 도산대로1길 62(신사동) 강남출판문화센터 5층 (우편번호 06027)
대표전화 02-515-2000 팩시밀리 02-515-2007
www.minumsa.com

한국어 판 © (주)민음사, 2009. Printed in Seoul, Korea

ISBN 978-89-374-6225-2 04800
ISBN 978-89-374-6000-5 (세트)

세계문학전집 목록

세계문학전집은 계속 간행됩니다.